**30**
ANOS

CB016715

JÓN KALMAN STEFÁNSSON

# Paraíso e inferno

*Tradução do islandês*
João Reis

Companhia das Letras

Copyright © 2007 by Jón Kalman Stefánsson
Publicado mediante acordo com Leonhardt & Høier Literary Agency A/S, Copenhague.

*Grafia atualizada segundo o Acordo Ortográfico da Língua Portuguesa de 1990, que entrou em vigor no Brasil em 2009.*

Os trechos de *Paraíso perdido*, de John Milton, foram retirados da tradução de Daniel Jonas da 1ª edição de 2015 da Editora 34.

*Título original*
Himnaríki og helvíti

*Capa*
Claudia Espínola de Carvalho

*Foto de capa*
Franco Fratini/ Shutterstock

*Preparação*
Ana Cecília Agua de Melo

*Revisão*
Isabel Jorge Cury
Clara Diament

Dados Internacionais de Catalogação na Publicação (CIP)
(Câmara Brasileira do Livro, SP, Brasil)

Stefánsson, Jón Kalman
　　Paraíso e inferno / Jón Kalman Stefánsson ; tradução do islandês João Reis. — 1ª ed. — São Paulo : Companhia das Letras, 2016.

　　Título original : Himnaríki og helvíti
　　ISBN 978-85-359-2785-6

　　1. Ficção islandesa I. Título.

16-06799　　　　　　　　　　　　　　　　　　　　CDD-839.693

Índice para catálogo sistemático:
1. Ficção : Literatura islandesa 839.693

[2016]
Todos os direitos desta edição reservados à
EDITORA SCHWARCZ S.A.
Rua Bandeira Paulista, 702, cj. 32
04532-002 — São Paulo — SP
Telefone: (11) 3707-3500
Fax: (11) 3707-3501
www.companhiadasletras.com.br
www.blogdacompanhia.com.br
www.facebook.com/companhiadasletras
instagram.com/companhiadasletras
twitter.com/companhiadasletras

*Esta história é dedicada às irmãs
Bergljótu K. Þráinsdóttur (1938-69)
e Jóhönnu Þráinsdóttur (1940-2005)*

SOMOS QUASE ESCURIDÃO

*As montanhas erguem-se acima da vida e da morte e dessas casas que se amontoam na ponta arenosa. Vivemos no fundo de uma taça, o dia passa, transforma-se em noite, e enche-se com a serenidade da escuridão e, depois, as estrelas iluminam-se. Elas brilham eternamente acima de nós como se tivessem uma mensagem urgente, mas que mensagem e de quem? O que querem de nós ou, talvez, o mais importante: o que queremos delas?*

*Pouco de nós se assemelha à luz. Estamos muito mais próximos da escuridão, somos quase escuridão, tudo o que temos são recordações, e a esperança que, seja como for, se desvaneceu, continua a se desvanecer e em breve se assemelha a uma estrela extinta, um rochedo escuro. No entanto, sabemos um pouco sobre a vida e um pouco sobre a morte, e conseguimos falar disso: fazemos todo este percurso para te tocar, e para concretizar o destino.*

*Pretendemos falar daqueles que viveram no nosso tempo, há mais de cem anos, e que são pouco mais do que nomes em cruzes inclinadas e lápides rachadas. Vidas e recordações que foram apagadas segundo as implacáveis demandas do tempo. Pretendemos mudar isso. Nossas palavras são um tipo de equipe de salvamento numa missão ininterrupta para salvar acontecimentos passados e vidas acabadas do buraco negro do esquecimento, e isso não é tarefa fácil; ao longo do caminho podem encontrar algumas respostas e depois nos tirar daqui antes que seja tarde demais. Deixe que isso baste por agora, nós te enviaremos as palavras, essas confusas e esparsas equipes de salvamento imprecisas do seu trabalho, com bússolas quebradas, mapas rasgados ou desatualizados, mas que, ainda assim, você deverá acolher de bom grado. Então, veremos o que acontece.*

# O MENINO, O MAR
# E A PERDA DO PARAÍSO

# 1

Isso aconteceu nos anos em que seguramente ainda estávamos vivos. O mês de março e o mundo branco com neve, embora não de um branco puro, aqui nunca há um branco puro, independentemente de quanta neve caia, mesmo que o céu e o mar congelem e o frio penetre até o coração onde habitam os sonhos, a cor branca nunca vence. Os cinturões rochosos das montanhas cortam a neve assim que ela cai e, pretos como carvão, salientam-se num mundo branco. Salientam-se de preto sobre o menino e sobre Bárður enquanto eles se afastam da aldeia, a nossa origem e o nosso fim, o centro do mundo. O centro do mundo é ridículo e orgulhoso. Eles caminham de maneira fácil, pernas jovens, um fogo que arde, mas correm também contra a escuridão, que é, talvez, adequada, uma vez que a vida humana é uma corrida constante contra a escuridão do mundo, a traição, a crueldade, a covardia, uma corrida que tantas vezes parece desesperada, mas, ainda assim, corremos, e, ao fazê-lo, a esperança sobrevive. Bárður e o menino, contudo, pretendem apenas conter a escuridão ou o crepúsculo, vencê-la até as cabanas, as cabanas de pesca, caminhar por vezes lado a lado, o que é, de longe, o melhor, porque rastros paralelos um ao outro são sinal de solidariedade, e então a vida não é assim tão solitária. Porém, o caminho não é, muitas vezes, mais do que uma trilha única que serpenteia na neve como uma cobra gelada, e então o menino precisa olhar para a parte de trás do sapato de Bárður, para a bolsa de pele que leva nas costas, para o cabelo preto emaranhado e para a cabeça que está presa sobre os ombros largos. Às vezes, atravessam praias cheias de cascalho, percorrem trilhas arriscadas em despenhadeiros, é pior na Intransponível, uma corda presa às rochas, uma encosta íngreme por cima, um precipício rochoso e íngreme por baixo, e o mar verde e agitado, uma queda de trinta metros, a encosta ergue-se quase até seiscentos metros no ar e o pico está tapado por nuvens. O mar de um dos lados, montanhas íngremes e altas do outro, é aí que se passa toda a nossa história. As autoridades, os comerciantes, podem governar nossos dias de pobreza, mas as montanhas e o mar governam a vida, são o nosso destino, ou é assim que pensamos de vez em quando, e é assim que provavelmente você se sentiria se tivesse acordado e dormido durante décadas sob as mesmas montanhas, se o seu peito tivesse se erguido e caído como a respiração do mar nos nossos barquinhos. Dificilmente há algo tão bonito quanto o mar em dias bons, ou em noites límpidas, quando sonha e o brilho da lua é o seu sonho. Mas o mar não é nada bonito, e nós o odiamos mais que qualquer outra coisa quando as ondas se erguem dezenas de metros acima do barco, quando o mar rebenta sobre ele e, independentemente do quanto acenemos, invoquemos Deus e Jesus, nos afoga como cachorrinhos desgraçados. Então, todos são iguais. Sacanas desgraçados e homens bons, gigantes e vagarosos, os felizes e os tristes. Há gritos, alguns gestos frenéticos, e depois é como se nunca tivéssemos estado aqui, o cadáver afunda, o sangue no seu interior esfria, as recordações desaparecem, os peixes se aproximam e mordiscam os lábios que foram beijados ontem e disseram as palavras que significavam tudo, mordiscam os ombros que transportaram o filho mais novo, e os olhos já não veem, estão no fundo do oceano. O oceano é azul-escuro e nunca está parado, uma criatura gigantesca que respira, que quase sempre nos tolera, mas que, por vezes, não, e então nos afogamos; a história da humanidade não é tão complicada.

Tenho a certeza de que remaremos esta noite, disse Bárður.

Acabaram de passar pela Intransponível, a corda não rebentou, a montanha não os matou ao atingi-los com pedras. Os dois olham para o mar e para o céu, de onde vem a escuridão, o céu azul já não completamente azul, um sinal de noite no ar, a praia em frente se torna difícil de enxergar, como se tivesse recuado, afundava ao longe, aquela praia é quase perfeitamente branca desde a orla do mar até as dunas, refletindo o seu nome invernoso.

Já estava mais do que na hora, responde o menino, um pouco cansado depois da escalada. Duas horas desde que partiram. Terminaram o seu café e bolo na padaria alemã, fizeram três paradas e depois saíram da aldeia, uma caminhada de duas horas pela neve profunda. Os pés deles estão molhados, claro que estão molhados, estávamos sempre molhados nessa época, a morte irá secá-los, diziam os antigos quando alguém reclamava; às vezes, os antigos não sabem de nada. O menino ajeita a sua bolsa, pesada com aquilo que é imprescindível para nós, Bárður não ajeita nada, limita-se a observar, assobia um trecho de uma canção meio esquecida, parece não estar nada cansado, droga, diz o menino, estou arfando como um cão velho, mas você parece não ter dado um único passo hoje. Bárður olha para ele com aqueles olhos castanhos e meridionais e sorri. Alguns de nós têm olhos castanhos, chegam aqui pescadores de lugares longínquos e fazem isso há centenas de anos porque o mar é um baú do tesouro.

Vêm da França, da Espanha, muitos deles com olhos castanhos, e alguns deixam a cor dos olhos com uma mulher, navegam de volta, regressam para casa ou se afogam.

Sim, já estava na hora, concorda Bárður. Já se passou meio mês desde a sua última pescaria. Primeiro, surgiu uma tempestade de sudeste, choveu, o solo ficou manchado e escuro onde surgia por entre a neve, depois o vento mudou e veio do norte, fustigando com a sua chibata de tempestade de neve durante dias a fio. Tempestade, chuva e neve durante catorze dias, nem um só barco no mar e enquanto isso os peixes a salvo de humanos, bem fundo nas profundezas sossegadas do mar, aonde as tempestades não chegam; os homens que são vistos aí são afogados. É possível que se digam muitas coisas sobre os afogados, mas pelo menos não pegam peixe, na verdade, não pegam nada além do brilho da lua na superfície. Duas semanas e às vezes não se podia passar de uma cabana a outra por causa do clima, a tempestade ululante varria toda a paisagem, o céu, o horizonte, até o próprio tempo, tendo há muito deixado de acertar o que precisava ser acertado, amarrar os anzóis do bacalhau, desemaranhar a linha; desemaranhou todas as amarras exceto as relativas ao coração e ao ímpeto sexual. Um homem ou dois vagueavam pelas praias, procurando mexilhões para isca, alguns usavam o tempo para fazer coisas, remendavam os uniformes impermeáveis, mas os dias condicionados à terra podem ser longos, podem se estender até o infinito. É mais fácil suportar a espera com jogos de cartas, jogar e jogar e nunca se levantar, a não ser para suprimir necessidades corporais, cambalear na tempestade lá fora e aliviar-se entre rochedos na praia, alguns, contudo, tão preguiçosos, ou talvez não tão bonitos por dentro, não se dão ao trabalho de descer à praia e, em vez disso, cagam mesmo à beira das cabanas, depois dizem ao contínuo ao voltarem a entrar: algo para você, amigo! O menino é o auxiliar da cabana e, portanto, tem de limpar tudo, é o mais novo, o mais fraco, não conseguiria derrotar ninguém numa luta, e foi atribuído a ele o cargo de auxiliar, é assim que é a vida muitas vezes, aqueles que não são suficientemente fortes têm de limpar a merda dos outros. Duas longas semanas e, quando o tempo finalmente melhorou, quase parecia que o mundo tinha voltado ao ponto de partida, olha, ali está o céu, então é verdade, existe, e o horizonte é uma verdade! Ontem, a fúria da tempestade abrandou tanto que conseguiram tirar as pedras do cais, desceram até lá abaixo, no total doze das duas cabanas, duas tripulações, esforçaram-se ao deslocarem enormes pedras atiradas pelo mar para o cais, simples cascalhos por baixo dos quais perderam o equilíbrio, se arranharam e que os fizeram sangrar, seis horas de trabalho na escorregadia orla marítima. Nesta manhã, o vento soprou do oeste, bastante fraco, mas quando sopra do oeste as ondas tornam muitas vezes as viagens impossíveis, é uma vergonha do caramba, quase aviltante, ver esse obstáculo espumoso e o mar por trás dele mais ou menos calmo o suficiente para navegar. A disposição de uma pessoa é, contudo, melhorada ao saber que o bacalhau se esconde quando o vento está vindo do oeste, simplesmente desaparece, e, além disso, oferece uma excelente oportunidade de viajar até a cidade. Os homens abandonaram as cabanas principais em grupos, as praias se encheram, bem como as encostas das montanhas, com pescadores.

 Bárður e o menino vislumbram, por vezes, o grupo à sua frente e alteram o passo de modo que se afastem mais ao invés de se aproximarem, viajam os dois a sós, é melhor assim, muita coisa precisa ser dita reservadamente apenas para os dois, sobre poesia, sobre sonhos e as coisas que fazem com que tenhamos noites insones.

 Acabaram de passar pela Intransponível. Daí têm aproximadamente meia hora de caminhada para voltar à cabana, a maior parte ao longo da praia rochosa onde o mar bate neles. Estão bem alto na encosta, adiam a descida, olham para mais de dez quilômetros de mar azul e frio que vira e revira na ponta do fiorde e na praia branca em frente como se estivesse impaciente. A neve nunca a abandona, nenhum verão consegue derreter completamente a neve, e, ainda assim, as pessoas vivem onde quer que haja um mínimo vestígio de uma baía. Em todos os locais onde o mar é razoavelmente acessível existe uma chácara, e, no auge do verão, o pequeno campo que a rodeia fica verde, áreas de solo com tufos de relva de um verde pálido estendem-se pela encosta da montanha acima e dentes-de-leão amarelos florescem na relva, mas, ainda mais longe, para nordeste, veem-se mais montanhas a se erguer no céu cinzento de inverno: são as regiões costeiras e montanhosas de Strandir, onde o mundo acaba. Bárður repousa a bolsa, tira uma garrafa de aguardente, ambos tomam um gole. Bárður suspira, olha para a esquerda, olha para o oceano, profundo e escuro, não pensa absolutamente no fim do mundo e no frio eterno, mas, em vez disso, no cabelo longo e escuro, como o que pendia contra o rosto dela no início de janeiro, e como a mão mais valiosa do mundo o afastou para o lado, o seu nome é Sigríður, e Bárður treme um pouco por dentro quando diz para si mesmo o nome dela. O menino acompanha o olhar do seu amigo e também suspira. Quer fazer algo na vida, aprender línguas, ver o mundo, ler mil livros, quer descobrir o âmago, o que quer que seja isso, quer descobrir se existe ou não um âmago, mas muitas vezes é difícil pensar e ler quando se está dolorido e cansado depois de uma pescaria difícil, molhado e congelado depois de trabalhar doze horas nos prados, quando os seus pensamentos podem ser tão pesados que mal consegue levantá-los, e aí o percurso é muito longo até o âmago.

    O vento sopra do oeste e o céu escurece lentamente acima de suas cabeças.

    Droga, arrota o menino, porque está ali sozinho com os seus

pensamentos, Bárður começou a descer a encosta, o vento sopra, o mar ondula e Bárður pensa em cabelo escuro, em risos quentes, grandes olhos mais azuis do que o céu numa límpida noite de junho. Desceram até a praia. Sobem em grandes rochedos, a tarde continua escurecendo e pressionando-os, continuam indo e apressam os minutos finais e chegam às cabanas antes mesmo do crepúsculo.

Esses dois pares de cabanas com sótão recentemente construídas situam-se logo acima do cais, barcos de seis tripulantes virados na praia e açoitados. Um grande e escarpado despenhadeiro estende-se até o mar logo a seguir às cabanas, tornando aí os desembarques mais fáceis, mas ensombrando as cabanas de pesca principais, que ficam a meia hora de caminhada, trinta a quarenta cabanas e mais de metade delas praticamente nova como as suas, com sótãos onde se pode dormir, mas algumas delas mais antigas e com um só piso, as tripulações dormem e colocam isca nas linhas e comem no mesmo espaço. Trinta a quarenta prédios, talvez cinquenta, não nos recordamos ao certo, tanto se esqueceu, está confuso: também aprendemos aos poucos a confiar nos sentimentos e não na memória.

Droga, nada senão anúncios, murmura Bárður. Entraram na cabana, subiram ao sótão, sentaram-se na cama, são quatro camas para os seis homens e a vigilante, a mulher que cuida da cozinha, do fogão à lenha, da limpeza. Bárður e o menino dormem com a cabeça nos pés um do outro, durmo com os seus dedos dos pés, diz o menino muitas vezes, tudo o que você tem de fazer é virar a cabeça, e as meias de lã do seu amigo estão no seu rosto. Bárður tem pés grandes, ele levantou os pés debaixo do menino e murmurou, nada senão anúncios, referindo-se ao jornal publicado na aldeia, que sai semanalmente, e tem quatro páginas, a última página muitas vezes cheia de anúncios. Bárður põe de lado o jornal e eles acabam de tirar das bolsas tudo aquilo que torna a vida digna de viver se excluirmos, no seu caso, lábios vermelhos, sonhos e cabelo suave. Não é possível colocar lábios vermelhos e sonhos numa bolsa e transportá-los para uma cabana de pesca, nem sequer se pode comprar coisas dessas, ainda assim há cinco lojas na aldeia e a escolha é estonteante quando se está no auge do verão. Talvez nunca seja possível comprar o que mais importa, não, claro que não, e felizmente não é esse o caso ou, melhor dizendo, graças a Deus. Terminaram de esvaziar as bolsas, e os conteúdos estavam espalhados pela cama. Três jornais, dois deles publicados em Reykjavík, café, doces, pão de centeio, doces da padaria alemã, dois livros da biblioteca do velho capitão marítimo cego — Niels Juel: *O maior herói naval da Dinamarca*, e a tradução do *Paraíso perdido* de Milton por Jón Þorlaksson —, e ainda dois livros que tinham comprado juntos na farmácia do doutor Sigurður: *Diário de viagens* de Eiríkur de Brúnum e a gramática de língua inglesa de Jón Ólafsson. Sigurður tem uma farmácia e uma livraria na mesma casa, os livros cheiram tanto a remédio que somos curados e libertos de doenças ao apenas inspirarmos um pouco deles, digam-me se não é saudável ler livros. Para que você quer isto, pergunta Andrea, a vigilante, que pega a gramática e começa a folheá-la. Para que possamos dizer eu te amo e eu te desejo em inglês, responde Bárður. Isso faz sentido, ela diz e senta com o livro. O menino trouxe três garrafas que ainda não chegaram de um elixir curativo chinês, uma para ele, outra para Andrea, a terceira para Árni; assim como Einar e Gvendur, eles tinham planejado passar o dia visitando várias cabanas, vagueando, como se costuma dizer. Por outro lado, Pétur, o capitão, passou todo o dia na cabana, limpando os seus impermeáveis e esfregando-os com fígado de raia fresco, remendando os seus sapatos, foi uma vez à casa da salga com Andrea, esticaram uma tela sobre a pilha sempre crescente de peixe salgado, aumentou tanto de altura que Pétur não precisa se curvar enquanto o fazem. Estão casados há vinte anos e agora os seus impermeáveis estão pendurados lá embaixo, pendurados no meio do equipamento de pesca, sai deles agora um odor intenso, mas ficarão suaves e maleáveis quando partirem esta noite. Um homem asseado, aquele Pétur, como o seu irmão, Guðmundur, capitão do outro barco, cerca de dez metros entre as suas cabanas, mas os irmãos não falam um com o outro, não se dirigem a palavra há uma boa década, ninguém parece saber por quê.

Andrea deixa o livro e começa a esquentar o café no fogão. Não havia café naquela manhã, o que é verdadeiramente um mau presságio, e em pouco tempo o aroma do café se espalha pelo sótão, desce e sobrepõe-se aos odores do equipamento de pesca e aos impermeáveis por lavar. O alçapão se abre e Pétur sobe com o seu cabelo negro, a sua barba negra e os seus olhos ligeiramente oblíquos, o seu rosto como couro bronzeado, vem como o diabo de lá debaixo no Inferno até aqui em cima, o Paraíso do café, com uma expressão quase alegre, não é pouco aquilo que o café consegue. Pétur sorriu pela primeira vez quando tinha oito anos, disse uma vez Bárður, e pela segunda vez quando viu pela primeira vez Andrea; aguardamos a terceira vez, concluiu o menino. O alçapão voltou a se erguer, o maldito raramente está sozinho, murmurou o menino, e o espaço pareceu diminuir depois de Gvendur subir tudo, tão largo de ombros que nenhuma mulher conseguia abraçá-lo direito. Einar segue-o, metade do seu tamanho, magro mas surpreendentemente forte, é incompreensível de onde retira esse corpo magro a sua força, talvez de um espírito selvagem, porque os seus olhos negros soltam faíscas até enquanto dorme. Então vocês estão aqui, diz Andrea, e enche as canecas com café. Sim, senhora, diz Pétur, e passaram o dia todo dizendo tolices. Não precisam de um dia inteiro para fazer isso, diz o menino, e as canecas nas mãos de Andrea tremem um pouco quando ela contém uma gargalhada. Einar cerra os punhos e abana-os na direção do menino, sibila algo tão pouco claro que só metade pode ser compreendida, faltam-lhe vários dentes, a sua barba negra é bizarra, cresce até o meio da sua boca, o seu cabelo desgrenhado e fino quase grisalho, mas então eles bebem o café. Cada um senta na sua cama e o céu lá fora escurece. Andrea acende a lâmpada, as janelas em ambas as pontas da divisão, uma emoldura uma montanha, a outra o céu e o mar emolduram a nossa existência, e durante muito tempo não se ouve nada além do ondular do mar e do alegre sorver do café. Gvendur e Einar se sentam juntos e dividem um dos jornais, Andrea examina a gramática inglesa, tentando alargar a sua vida com uma nova língua, Pétur limita-se a olhar para o vazio, o menino e Bárður têm cada um o próprio jornal, agora só falta Árni. Fora para casa anteontem depois de terem terminado de limpar o cais, saindo entre o aguaceiro do norte, entre gelo e neve, não conseguia ver nada, mas ainda assim foi capaz de encontrar o caminho, uma caminhada de seis horas até a casa, ele é tão novo que a mulher o detém, dissera Andrea, sim, segue o seu maldito pinto, disse Einar, parecendo subitamente furioso. Sei que você não consegue acreditar nisso, nem sequer imaginar, disse então ela, falando para Einar e, contudo, olhando de soslaio para o marido, mas há homens que são um pouco mais do que apenas músculos e anseiam por peixe e virilhas femininas.

Andrea talvez soubesse da carta que Árni transportava. O menino escrevera-a por ele, e não fora a primeira vez que Árni lhe pedira para escrever uma carta para Sesselja, a sua mulher, ela lê quando estamos os dois deitados na cama e todos os outros estão dormindo, disse uma vez Árni, e relê várias vezes quando estou longe. "Tenho saudade de você", escreveu o menino, "tenho saudade de você quando acordo, quando pego nas varas, tenho saudade de você quando coloco isca nas linhas, quando escamo o peixe, tenho saudade de ouvir as crianças rirem, perguntando algo a que não sei responder mas que você certamente consegue, tenho saudade dos seus lábios, tenho saudade dos seus seios e tenho saudade da sua virilha" — não, não escreva isso, dissera Árni ao olhar por cima do ombro do menino. Não posso escrever "saudade da sua virilha"? Árni abanou a cabeça. Mas só tento escrever aquilo que você pensa, como sempre, e com certeza você tem saudade da virilha dela, não? Você não tem nada a ver com isso e, além do mais, nunca eu diria dessa forma, da sua virilha. Então como você diria? Como eu diria… diria… não, você não tem nada a ver com isso, caramba! E o menino teve de cortar as palavras da sua virilha e escrever do seu cheiro. Mas talvez, ele pensou, Sesselja tente ver quais palavras foram riscadas, ela sabe que escrevo as cartas pelo Árni, ela olha para a palavra e quando finalmente consegue ler, e lê, pensa em mim. O menino está sentado na cama, dá uma olhadinha ao jornal e tenta afastar aquela imagem: Sesselja lê aquelas palavras quentes, macias, úmidas e proibidas. Ela olha e lê as palavras, sussurra-as para si mesma, uma corrente amena percorre-a e pensa em mim. Ele engole, tenta se concentrar no jornal, lê histórias sobre os membros do Parlamento, sobre Gísli, o professor da nossa aldeia que não se sentira suficientemente bem para aparecer na escola durante três dias por causa da bebida, grande pressão sobre o homem, ter de ensinar além da bebida, e Émile Zola publicara um romance, cem mil exemplares vendidos nas primeiras três semanas. O menino olha rapidamente para cima e tenta imaginar cem mil pessoas lendo o mesmo livro, mas dificilmente se consegue imaginar tanta gente, sobretudo quando ninguém mora aqui, na ponta norte do mundo. Ele olha pensativamente mas desvia rápido o olhar para o jornal embaixo, quando percebe que

começou a pensar em Sesselja lendo essas palavras, pensando nele, abre outra página do jornal e lê: seis homens afogados na baía de Faxaflói. Iam de Akranes a Reykjavík num barquinho de seis tripulantes.
A baía de Faxaflói é larga.
Quão larga?
Tão larga que a vida não consegue atravessá-la.

Então, é noite.
Comem peixe cozido com fígado.
Einar e Gvendur contam as notícias das cabanas de pesca, os trinta a quarenta prédios reunidos em pequenos grupos na margem com cascalhos acima da praia larga. É Einar quem fala, Gvendur grunhe de vez em quando e ri quando acha apropriado. Quarenta cabanas, quatrocentos a quinhentos pescadores, um pedaço de humanidade. Lutamos, diz Einar, prendemos nossos dedos e puxamos, diz Einar, pode crer, diz Einar, e ele está doente, raio de problema intestinal, dificilmente sobreviverá ao inverno, aquele é um monte de merda, o outro vai para a América na primavera. A barba de Einar é quase tão preta quanto a de Pétur e vai até o peito, mal precisa de um cachecol, ele fala e conta coisas, Andrea e Pétur escutam. Bárður e o menino estão deitados com os pés na cabeça um do outro na cama, leem, fecham os ouvidos, olham para cima rapidamente quando um navio entra no fiorde e se dirige para a aldeia, sem dúvida um baleeiro a vapor norueguês, se aproxima com estrepitoso ruído, como se se queixasse da sua sorte. E os malditos comerciantes aumentaram o preço do sal, diz Einar, lembra-se subitamente das notícias mais importantes e deixa de falar sobre Jónas, que compôs noventa e dois versos sobre uma das vigilantes, alguns deles bastante lascivos mas tão bem-feitos que Einar não consegue

deixar de recitá-los duas vezes, Pétur ri, mas Andrea não, os homens parecem em geral mais propensos para as coisas mais grosseiras deste mundo, tudo aquilo que se revela rapidamente, completamente, enquanto as mulheres desejam tudo aquilo que precisa ser perseguido, tudo aquilo que se mostra devagar. Aumentaram o preço do sal?!, exclama Pétur. Sim, aqueles sacanas! Einar grita e o seu rosto escurece com a fúria. Daqui a pouco será melhor vender o peixe úmido, diretamente vindo do mar, mal seja pescado, diz pensativo Pétur. Sim, diz Andrea, porque querem assim, e é por isso que aumentam o preço. Pétur olha para o vazio e sente a melancolia tomar conta da sua mente e da sua consciência sem perceber completamente o motivo. Se deixarem de salgar o peixe, acabará a pilha na casa da salga, então para onde haveremos de ir Andrea e eu, pensa ele, por que tudo precisa mudar, não é justo. Andrea pôs-se em pé, começa a arrumar as coisas depois do café, o menino olha para cima por um momento, erguendo o olhar do diário de viagens de Eiríkur, entreolham-se, como acontece muitas vezes, Bárður está imerso no *Paraíso perdido* de Milton, que Jón þorlaksson traduziu muito antes do nosso tempo. O fogão esquenta o sótão, está confortável aqui, a noite embaça as janelas, o vento afaga o telhado, Gvendur e Einar mascam tabaco, balançam-se nos seus lugares, murmuram alternadamente, a lâmpada de querosene dá uma boa luz e torna a noite lá fora ainda mais escura, quanto mais luz, maior a escuridão, é assim o mundo. Pétur se levanta, limpa a garganta e cospe, cospe para fora a sua melancolia e diz, pomos a isca nas linhas quando Árni chegar, depois ele desce para fazer os ferrolhos e as albardas e as fivelas, furioso porque os homens não estão trabalhando. Caramba, ver homens adultos e ferramentas espalhadas, lendo livros inúteis, que desperdício de luz e de tempo, diz ele, só a sua cabeça levanta do chão. O menino ergue o olhar de Eiríkur para a cabeça negra que se ergue do chão como um mensageiro do Inferno. Einar acena com a cabeça, lança a Bárður e ao menino um olhar aguçado, se levanta, cospe vermelho, desce atrás do seu capitão, que diz a Einar, mas suficientemente alto para que seja ouvido lá de cima, tudo se corrompe, e de certo modo tem razão, porque todos nós nascemos para morrer. Mas agora esperam por Árni, ele deve estar a caminho, Árni nunca falha.

Preciso ir embora, diz Árni a Sesselja.

Não deixe que o mar te engula, ela suplica. Ele ri, calça as botas e diz, você está maluca, mulher, não me afogarei enquanto usar botas americanas!

Muitas coisas surpreendentes acontecem.

Hoje em dia, Árni escala com roupa seca prados e brejos úmidos, pântanos e rios, sem molhar as meias; isso mais parece magia. Árni comprou botas americanas há pouco mais de um ano, viajou especialmente ao fiorde mais próximo para isso, remou num barquinho e comprou as botas, bem como barras de chocolate para os meninos e para Sesselja, o mais novo começou a chorar quando acabou o seu chocolate e ficou absolutamente inconsolável. O que é por inteiro doce nos deixa muitas vezes tristes no fim. Os pescadores americanos de halibute vêm para cá em março ou abril, pescam halibute ao longo da Groenlândia mas equipam os seus navios aqui, compram as provisões e o sal de nós e pagam em dinheiro, nos vendem espingardas, facas, biscoitos, mas nada chega aos pés das botas de borracha. As botas de borracha americanas são mais caras que um acordeão, o seu preço é quase o de um salário anual de uma trabalhadora agrícola, são tão caras que Árni precisou de meses a fio de abstinência de aguardente e tabaco para poupar o suficiente para poder comprá-las. Mas valem a pena, diz Árni e salta entre pântanos, atravessa riachos, mas sempre com os pés secos, segue em frente, na umidade e na neve com os pés completamente secos, e as botas de borracha são certamente a melhor coisa que veio do império americano, deixam qualquer outra coisa de lado, e agora percebe-se por que seria imperdoável afogar-se com elas. Um descuido imperdoável, diz Árni, e beija Sesselja e os filhos, e eles o beijam, é mil vezes melhor beijar e ser beijado que pescar em barcos abertos no alto-mar. Sua mulher assiste à sua partida, cuidado para não se afogar, sussurra ela, não quer que as crianças ouçam, não quer assustá-las; também não aumentamos a voz quando rezamos por aquilo que mais importa. Entra, lê novamente a carta e atreve-se agora a olhar melhor para as palavras que foram riscadas, apenas algo com que o menino não ficara satisfeito, dissera Árni, olha para elas durante muito tempo e consegue então lê-las. Aqui está você, diz Pétur, porque Árni chegou com as meias secas, podem colocar a isca nas linhas, provavelmente irão remar para pescar nessa noite.

# 2

Dormir em mar aberto é diferente de dormir aqui na aldeia, na ponta do fiorde, entre montanhas altas, na verdade no fundo do mundo, e o mar às vezes se torna tão passivo que descemos até a orla da praia para afagá-lo, mas nunca é passivo para lá das cabanas, nada parece conseguir acalmar as ondas do mar, nem mesmo as noites calmas, o céu estrelado. O mar inunda os sonhos daqueles que dormem em mar aberto, as mentes são preenchidas com peixes e companheiros afogados que acenam tristemente com barbatanas em vez de mãos.

Pétur é sempre o primeiro a acordar. Ele é também o capitão e acorda quando tudo ainda está escuro, pouco depois das duas da manhã, mas nunca olha para o relógio, que, de qualquer modo, está no piso inferior, por baixo de alguma tralha. Pétur sai, olha para o céu, e a densidade da escuridão anuncia a hora. Procura a sua roupa, o fogão não fica ligado à noite e o frio de março abriu caminho pelas paredes finas. Andrea respira pesadamente ao seu lado, dorme de modo profundo, está no âmago dos seus sonhos, Einar ressona e cerra os punhos enquanto dorme,

Árni dorme com a cabeça nos pés dele, o menino e Bárður não se mexem, o gigante Gvendur tem muita sorte de ter a própria cama que, ainda assim, é demasiado pequena para ele, você usa dois tamanhos acima deste mundo, disse uma vez Bárður, e Gvendur ficou tão triste que precisou se afastar por um momento. Pétur veste sua blusa, sua calça, desce e sai para a noite, uma brisa lenta e gentil do leste e os contornos de algumas estrelas apenas visíveis, elas piscam com as suas notícias antiquíssimas, a sua luz com milhares de anos. Pétur revira os olhos, aguarda enquanto as tonturas o deixam completamente, até os seus sonhos terem desaparecido e os seus sentidos adquirido clareza, permanece curvado, engelhado, como um animal incompreensível, inspira o ar, olha para as nuvens escuras, escuta, entende mensagens no vento, grunhe em parte, uiva em parte, volta a entrar, ergue o alçapão com a sua cabeça negra, diz, vamos remar, não fala em voz alta, mas é suficiente, a sua voz alcança os sonhos mais profundos, afasta o sono e todos eles estão acordados.

Andrea se veste debaixo da coberta da cama, levanta e acende o fogão e a lâmpada, brilha uma luz gentil, e durante muito tempo ninguém diz nada, apenas vestem a roupa e bocejam, Gvendur se abana sonolentamente na beira da cama, tão tonto sobre a fronteira entre dormir e acordar que não sabe onde está. Coçam as barbas, exceto o menino, que não tem barba, um dos poucos que perdem tempo se barbeando, é claro que não dá muito trabalho, a barba é fina e rala, você precisa de alguma masculinidade, disse uma vez Pétur, e Einar riu. Bárður tem uma barba castanha e espessa, apara-a regularmente, é bonito como um raio, Andrea muitas vezes olha para ele só por olhar, na verdade como olhamos para uma imagem bonita, para a luz sobre o mar. O café ferve, eles abrem as suas marmitas, espalham com os polegares manteiga e geleia em pão de centeio, muita manteiga e geleia, e o café está mesmo fervendo e é preto como uma noite escura, mas eles põem açúcar em cubos, se ao menos pudéssemos pôr açúcar na noite para torná-la doce. Pétur quebra o silêncio, ou antes o sorver, o mastigar e o peido ocasional, e diz, o vento é do leste, fraco, ligeiramente quente, mas virará do norte ainda hoje, só mais tarde, por isso, remaremos bem longe.

Einar suspira alegremente. Remar até longe é como um cântico para os seus ouvidos. Árni diz, sim, claro, ele na verdade esperava isso, tenho certeza de que iremos bem longe, dissera ele a Sesselja, que então dissera, ah, não deixe que o mar te leve.

O peixe não estava mordendo muito nas zonas de pesca mais baixas antes dos dias de mau tempo e seria normal tentar então as zonas mais fundas, todos remexem nas suas marmitas para retirarem outra fatia. Remar bem longe, isso significa até quatro horas remando sem parar, o vento está demasiado fraco para usar a vela, e pelo menos oito ou dez horas no mar, talvez doze, o que significa que são exatamente doze horas até voltarem a comer, o pão é bom, a manteiga é boa, e é praticamente impossível viver sem tomar café. Tomam devagar a última xícara de café, apreciam-na, lá fora uma noite em parte escura espera por eles, a noite vai do fundo do mar ao céu, onde as estrelas se acendem. O mar ondula pesadamente, é escuro e silencioso, e quando o mar está silencioso, tudo está silencioso, incluindo a montanha acima deles, alternadamente branca e preta. Há uma luz opaca da lâmpada, Andrea diminuiu um pouco a chama, não é preciso muita luz para tomar os últimos goles de café. Cada um perdido nos próprios pensamentos, olhando em frente, Pétur pensa na viagem, revê mentalmente todas as tarefas, prepara-se, é o que faz sempre, Árni está impaciente, entusiasmado, quer começar a trabalhar, Einar também pensa em remar, no simples trabalho de fazê-lo, suspira de modo profundo e sente a calma, o sangue que é muitas vezes demasiado quente, que corre tão desconfortavelmente depressa pelas suas veias que tem comichão o tempo todo, mudou para um rio calmo entre margens com relva. O café, a grande pancada que se aproxima, Einar se sente grato e quase sente afeto pelos homens sentados naquele sótão, curvados sobre as últimas gotas de café, até consegue olhar para os dois idiotas, Bárður e o menino, sem ficar irritado, muitas vezes eles deixam Einar completamente louco com a droga das leituras eternas, citando eternamente poemas um ao outro, uma maldita de uma desgraça, uma maldita de uma podridão psicológica que deixa uma pessoa mole, mas não, isso agora não lhe deixa o sangue fervendo, é um rio calmo. Einar sorve o café e a vida é boa.

*Vem vindo a noite em paz, e o gris crepúsculo*
*Já na austera libré tudo cobriu;*
*Veio a mudez também*

lê Bárður no *Paraíso perdido*, mexendo o livro de tal modo que o brilho da lâmpada o atinge, a luz que consegue iluminar um bom verso de poesia certamente alcançou o seu objetivo. Seus lábios se mexem, ele lê os versos uma e outra vez, e a cada vez o mundo dentro dele aumenta um pouco, se expande. O menino terminou o seu café, abana a sua caneca, põe em cima da sua marmita, observa Bárður pelo canto do olho, vê os seus lábios se mexerem, se sente tomado pelo afeto, e o dia de ontem volta com toda a luminosidade e presença intensa que acompanham Bárður, que acompanham a amizade, ele senta na beira da cama e o dia de ontem está dentro dele. Ele procura a garrafa do elixir chinês, que é um potente e bom digestivo, um medicamento revigorante e fortalecedor, que funciona bem contra o vento cansativo no intestino, a ardência do coração, as náuseas, a inquietude no diafragma, todo mundo sabe disso, lemos sobre isso nos jornais onde é confirmado tanto por estrangeiros quanto por islandeses, doutores, presidentes da paróquia, capitães marítimos, todo mundo recomenda esse elixir, salvou vidas, crianças à beira da morte após um ataque de gripe readquiriram a saúde completa após várias colheres cheias, também funciona perfeitamente contra o enjoo marítimo, cinco a sete colheres de sopa antes de partir e você fica completamente livre do enjoo. O menino bebe da garrafa. O Inferno é estar enjoado num barco em pleno mar aberto, quando é preciso trabalhar e a muitas horas da costa. Bebe outra vez porque o enjoo do mar volta, muito pior do que antes após longas estadias em terra. Andrea tomou a sua dose contra a tosse que pesa desnecessariamente na cabeça, beba o elixir e o desconforto desaparece ou nunca te encontra. A nossa existência é uma busca incessante por uma solução, pelo que nos conforta, por aquilo que nos traz felicidade, afasta todas as coisas ruins. Alguns percorrem uma estrada longa e sinuosa e talvez não encontrem absolutamente nada, exceto para algum tipo de objetivo, um gênero de libertação ou um alívio na própria busca, os restantes admiram a sua tenacidade mas têm problemas suficientes por existirem apenas, por isso tomam elixires que curam tudo em vez de procurarem, perguntando sem parar qual é o caminho mais curto para a felicidade, e encontram a resposta em Deus, na ciência, na aguardente, no elixir chinês.

Todos eles saíram.
Há uma quantidade considerável de neve em volta das cabanas, mas a praia está preta. Eles viram os barcos. É trabalho leve o de doze mãos colocarem um barco de seis tripulantes com a quilha para cima, uma tarefa mais complicada é virá-lo, então doze mãos mal conseguem, precisam de outras seis, pelo menos, mas a outra tripulação dorme profundamente, os sacanas descansam as suas mãos cansadas num mundo de sonhos, vão sempre para os bancos marítimos profundos e nunca partem antes da

alvorada. Guðmundur acordará em breve, é claro, o capitão chamado Guðmundur, o Severo, os seus homens têm de estar na cabana antes das oito da noite, o veneno preguiçoso e tagarela nas suas veias, eles o seguem incondicionalmente, todos eles gigantes, sobreviveram às tempestades do mundo e são tão malcriados que conseguiriam matar um cachorro com a sua linguagem, mas tornam-se modestos e receosos quando Guðmundur fica irritado. A vigilante lá se chama Guðrún, baixa e delicada, com o cabelo tão claro e gargalhadas tão radiosas que nunca está completamente escuro no lugar onde ela se encontra, ela equivale a muitas garrafas de elixir, ela é bonita, é brincalhona, e as suas faces são tão brancas e convexas que fazem com que uma pessoa tenha dores no coração, muitas vezes ela dança alguns passos peculiares e então algo se quebra no interior dos homens na cabana, esses homens duros e desgastados, o afeto e a luxúria selvagem são nós internos impossíveis de desatar. Contudo, Guðrún pertence a Guðmundur, e prefeririam esfriar no mar mortalmente frio a tentar algo com a sua filha, está maluco, nem o próprio diabo se atreveria a tocar nela. Ela parece desconhecer por completo a sua influência e talvez isso seja o pior, a menos que seja, na verdade, o melhor.

Eles trabalham em silêncio.

Levam o que precisa ser levado ao barco, as cordas, as linhas com isca, os impermeáveis, o tempo está bastante ameno para se vestirem de imediato, a calça de couro alcança os braços, a lã nas camisas bem compactas, têm pela sua frente três ou quatro horas para remar intensamente. Cada homem com a sua própria tarefa durante a noite, se ao menos a existência fosse sempre tão direta e facilmente apreensível, se ao menos pudéssemos escapar à incerteza que se estende sobre as sepulturas e a morte. Mas o que suaviza a incerteza senão a morte? A neve em breve será densa da cabana à praia preta lá embaixo. Andrea sai e esvazia o penico, o chão é pedregoso em volta da cabana e recebe o líquido, urina ou chuva, que desaparece no chão, e ainda bem que o telhado do Inferno não deixa passar água, a menos que um dos castigos seja, na verdade, o de receber continuamente dejetos e chuva em cima. Andrea fica lá fora por um momento e observa os homens enquanto trabalham, mal se consegue ouvir um passo deles, o mar dorme, a montanha tira uma soneca e o céu está silencioso, ninguém acordado lá, sem dúvida a hora se aproxima das três, e Bárður dá um salto repentino, desaparece mais uma vez dentro da cabana. Andrea abana a cabeça, mas também sorri debilmente, sabe que ele está na escada, que se estica sobre a cama, abre o *Paraíso perdido* e lê os versos que deseja recordar e recitar para si mesmo e ao menino no mar, aí vem a noite,

> *e o gris crepúsculo*
> *Já na austera libré tudo cobriu;*
> *Veio a mudez também, pois besta e pássaro,*
> *Um ao canapé de erva, o outro ao ninho*
> *Se esquivam*

Bárður fora o último a sair. Afundado num verso de um inglês cego que um pobre pastor reescreveu em islandês quando o tempo tinha outro nome. Lê mais uma vez o verso, fecha brevemente os olhos e seu coração palpita. As palavras ainda parecem capazes de comover as pessoas, é inacreditável, e talvez a luz não esteja completamente extinta no seu interior, talvez permaneça alguma esperança, apesar de tudo. Mas aí vem a lua, navegando devagar para um buraco negro no céu com luz branca nas suas velas, mal está pela metade, curvando para a esquerda, ainda assim, a noite será clara durante algum tempo. A luz da lua é de uma família diferente da luz do sol, torna as sombras mais escuras, o mundo mais misterioso. O menino olha para cima, olha para a lua. A Lua precisa do mesmo tempo para fazer uma rotação sobre si mesma e para girar em volta da Terra, e, por causa disso, vemos sempre o mesmo lado, fica a pouco mais de trezentos mil quilômetros, demoraria muito para chegar lá remando num barquinho, até Einar desistiria com essa distância.

A mãe do menino escreveu a ele sobre a lua. Sobre a distância até ela, sobre o seu misterioso lado longínquo, mas nunca mencionou um barquinho nesse contexto, Einar nem sequer sabia da sua existência, nem da sua barba, nem da raiva que ferve como um motor eterno no seu interior. Mas, agora, Einar não está irritado. A serena noite de luar cai sobre os homens e a mulher que os observa. Não, Andrea não os observa mais, entrou na cabana, apressando-se para encontrar Bárður no estreito vão de porta. Estou maluca, pensa Andrea, temos vinte anos de diferença! Mas por que negar a si mesma a oportunidade de olhar para uns olhos castanhos daqueles numa noite de março, pensar nos movimentos suaves e ágeis debaixo da sua roupa, dentes brancos e direitos entre os seus lábios, livres de manchas marrons de tabaco. Bárður não masca tabaco, alguns desses jovens são estranhos, privarem-se de tais delícias como o tabaco. Eles se encontram no vão da porta, a cabeça dele cheia de poesia e perda do Paraíso, ah, que bonito que você é, meu pobrezinho, ela diz, afagando-lhe a barba com ambas as mãos, depois o seu pescoço nu, afaga com mais força e intensidade do que pretendia e sente o calor do seu corpo subindo pelo pescoço. Só para você, Andrea, ele diz e sorri. Tá dormindo, seu merdinha?!, grita Pétur na noite. Eles se assustam, Andrea puxa de volta a mão, olha para o menino e vê que ele está confuso sob a lua.

O luar pode nos deixar indefesos.
Ele nos faz recordar; as feridas se abrem e nós sangramos.

Sua mãe escreveu a ele sobre a lua e sobre os céus, sobre as eras das estrelas e sobre a distância a Júpiter. Ela sabia muitas coisas, embora tivesse sido criada por pessoas fora da sua família, lá passara por maus bocados, era repreendida por ter sede de conhecimento, mas aprendera a ler ao acompanhar os meninos da chácara nas suas lições, depois lia tudo o que lhe caía nas mãos, o que era uma grande coisa apesar da pobreza e da indiferença que existiam na casa. A leitura e o desejo de conhecimento uniram os seus pais, ambos com falta de meios, mas tinham conseguido arranjar uma forma de passar de meros trabalhadores agrícolas a proprietários da sua própria chácara, embora talvez seja demasiado solene se referir à pequena casinha com um nome tão pomposo, mas tudo bem, a chácara era deles; uma vaca, cinquenta ovelhas, não muito para uma família. Um pequeno campo, com tanta relva que se tornava, sem dúvida, mais rápido mastigá-la do que semear a terra, e as pastagens eram úmidas. O mar mantinha todos vivos, ele mantém todos nós, que moramos aqui na beira do mundo, vivos. Seu pai ia para o mar a partir de estações de pesca, quatro a cinco meses por ano. "Meu Deus, quanta saudade eu tive dele!", está escrito numa das cartas que ela enviou ao menino, "é claro que eu tinha vocês três, mas, ainda assim, tinha saudade do Björgvin todos os dias, e ainda mais à noite, quando vocês estavam dormindo." Os meses que ele passava afastado de casa eram trabalhosos, a luta para viver e para manter a pobreza à distância, enquanto o tempo livre era gasto na leitura. "Não tínhamos remédio. Pensávamos continuamente em livros, em sermos educados, ficávamos fervorosos, frenéticos, se ouvíamos falar de algum livro novo e interessante, imaginávamos como poderia ser, falávamos dos possíveis enredos à noite, depois de vocês terem ido para a cama. E então líamos um de cada vez, ou juntos, quando e se conseguíamos um ou então uma cópia feita à mão." Mas o que podemos dizer, o seu pai estava num barquinho, eles são comuns aqui, com mais de oito metros, e certamente ele não foi o único a se afogar nessa noite. Nessa noite de março, o menino olha mais uma vez para a lua e conta mentalmente, há dez anos e dezessete dias. Não, não, dois barcos perdidos e as suas tripulações, doze vidas, vinte e quatro mãos se mexendo no mar, um vento do sudeste se levantara e o mar afogara todos. Uma semana inteira se passou sem as más notícias. É cruel ou reconfortante que ele tenha vivido mais sete dias na cabeça daqueles que lhe eram mais importantes, morto, mas ainda assim vivo? Foi um vizinho quem foi até lá e extinguiu a luz do mundo. O menino estava sentado no chão com as pernas esticadas à frente, sua irmã entre elas, mas a sua mãe estava em pé e olhava adiante, as mãos pendendo ao lado, como se morta, o Inferno é ter braços mas não ter ninguém para abraçar. O ar tremeu como se algo grande tivesse sido rasgado, depois surgiu um som de algo quebrando quando o sol caiu e pousou na Terra. As pessoas estão vivas, têm seus momentos, seus beijos, risos, seus abraços, palavras de encorajamento, suas alegrias e tristezas, cada vida é um universo que então colapsa e não deixa nada para trás, exceto alguns objetos que adquirem um poder de atração através da morte dos seus proprietários, tornam-se importantes, por vezes sagrados, como se pedaços da vida que nos deixou tivessem sido transferidos para a xícara de café, a serra, o pente, o cachecol. Mas tudo acaba por se desvanecer, as recordações desaparecem algum tempo depois e tudo morre. Onde outrora havia vida e luz, existem a escuridão e o esquecimento. O pai do menino morre, o mar o engole e nunca o traz de volta. Onde estão os teus olhos que faziam de mim bonita, as mãos que acariciavam as crianças, a voz que mantinha a escuridão afastada? Ele se afoga e a família se desfaz. O menino vai para um lado, o irmão para outro, cinco horas de uma caminhada intensa entre eles, a mãe e a irmã, com pouco mais de um ano de idade, acabam num vale completamente diferente. Um dia, os quatro estão deitados na mesma cama, está cheia mas é bom, é quase a única coisa boa no meio do arrependimento, depois uma montanha de setecentos metros de altura se erguendo entre eles, íngreme e lamacenta, o menino ainda a odeia, sem limites. Mas é tão frágil odiar montanhas, são maiores do que nós, ficam no seu lugar e não se mexem durante dezenas de milhares de anos, enquanto nós chegamos e partimos mais depressa do que o olho consegue enfocar. As montanhas, contudo, raramente param cartas. Sua mãe escrevia. Descrevia seu pai para que ele não fosse esquecido, para que ele vivesse na cabeça do filho, uma luz com que se aquecer, uma luz de que ter saudades, ela escrevia para salvar o marido do esquecimento. Ela descrevia como os dois falavam um com o outro, liam juntos, como ele era com as crianças, que apelidos carinhosos usava, o que cantava para eles, como era quando ficava sozinho na encosta junto ao terreno e olhava para o azul... "a sua irmã está crescendo, tem orgulho de ter dois irmãos grandes. Sei que você não vai se esquecer dela. Vocês dois conseguem visitar um ao outro? Não podem se esquecer disso. Não devem deixar que o mundo separe vocês! No próximo verão, certamente iremos te visitar, já consegui uma permissão e comecei a juntar sapatos para a nossa caminhada. Sua irmã pergunta quase todas as manhãs, é hoje que vamos? Quando vamos?".

Quando vamos?

A Lua provavelmente foi formada ao mesmo tempo que a Terra, mas é possível que a Terra a tenha atraído para o seu campo gravitacional e agora está pendente sobre o menino, é feita de rocha, pedra morta.

O quando nunca chegou. Mas a gripe chegou, como sempre. Elas contraíram tosse negra e morreram com dois dias de diferença, a irmã primeiro. "Onde está, Deus?", era a última pergunta da vida, sua mãe mal conseguira escrever "vive!", seguindo-se àquela questão: "Vive! Sua querida mãe". A última carta, a última frase, a última palavra.

O menino colocou a vasilha do soro do leite no barco. Quanto consegue suportar o coração humano?
O barco está completamente carregado.
Einar, Gvendur e Árni colocaram algumas pedras no barco para que assente melhor no mar, fazem o sinal da cruz sobre cada pedra. O coração de um homem adulto é do tamanho de um punho fechado. O coração é um músculo oco que bombeia sangue para os vasos sanguíneos do corpo, as artérias, veias e capilares que têm quase quatrocentos mil quilômetros de comprimento, alcançam a Lua e um pouco do espaço negro atrás dela, deve ser solitário lá. Andrea está entre o barco e a cabana, olha para eles, as suas veias alcançam a Lua. O relógio se aproxima das três horas e não podem sair do cais mais cedo, existem leis, seguiremos as leis, especialmente aquelas que fazem um pouco de sentido. Gvendur e Einar já estão no barco, sentados no banquinho de remador da proa, só remadores com força e resistentes se sentam ali, os outros tomam os seus lugares ao longo do barco e esperam pelo som da trombeta. Mas não aquela que os antigos livros e as lendas dizem assinalar o dia do Juízo Final, em que seremos todos chamados diante do Grande Juiz, não, esperam simplesmente pela trombeta que Benedikt levará aos seus lábios abaixo das cabanas principais quando o relógio bater exatamente as três horas. Benedikt tem pulmões enormes e consegue soprar com força, o sinal de partida chega às cabanas dos irmãos mesmo quando o vento sopra intensamente contra ele. No primeiro inverno, depois de as regras que proíbem viagens marítimas antes das três horas da manhã entrarem em vigor, Benedikt apenas

soprara rápida e intensamente, seu único objetivo era atingir uma nota grave que percorresse longas distâncias e provasse a força dos seus pulmões, depois deixou a trombeta de lado e se juntou à grande corrida para ser o primeiro a partir. Mas agora, dois anos depois, há uma velha trombeta, comprada de um capitão inglês, e sopra não só por soprar, mas realça a ternura e tenta transformar o escuro céu noturno numa das melodias que aprendeu com o comerciante Snorri aqui na aldeia, e Benedikt não atira a trombeta para o barco nem a leva com ele na viagem — o vento e a chuva, comentou Snorri, são muito ruins para o instrumento e podem estragar o seu som — e, em vez disso, entrega-a à vigilante que espera próxima do barco. Em volta de Benedikt estão quase sessenta barcos e quase trezentos homens que aguardam pelo sinal de partida, na maioria barcos de seis tripulantes, dois homens em cada barco, quatro do lado de fora e todos os músculos rijos. Mas não passa pela cabeça de ninguém partir antes de Benedikt tirar a trombeta dos lábios, ele é um dos capitães mais conhecidos aqui, um herói, salvou a vida de vários homens, pesca sempre bem, e ninguém chega aos seus pés ao passar pelos pedregulhos até a terra, todo mundo o acompanha, e a vigilante aguarda pacientemente na costa depois de ter recebido o instrumento, apesar de o mar frio molhá-la muitas vezes e ambos os pés terem bem mais de cinquenta anos.

Andrea permanece abaixo das duas cabanas.
Espera para ouvir o sinal; para ver os seus homens correrem como se fugissem da destruição do mundo. Depois, ela entra, arruma as coisas e tenta ler um pouco outro livro que Bárður trouxe do capitão cego que vive com Geirþrúður, *Niels Juel: O maior herói naval da Dinamarca*. Por que é considerado um herói? O que pescou? Lutou pela sua vida num barquinho aberto

do tamanho de um caixão, talvez com um vento vindo do norte quando a terra desapareceu, o céu também, o uivo do vento quase explodindo a cabeça acima dos ombros?

Agora, ele vai soprar, murmura Árni tão calmamente que a palavra se perde na barba que tapa a parte inferior do seu rosto, agarra-se ao barco com as duas mãos, todos os músculos rijos. Einar aperta sua vara, Gvendur olha animadamente para o vazio, é bom simplesmente existir. O menino olha para Einar sobre a amurada, se algum homem pudesse ser uma corda esticada neste momento é Einar, Gvendur como um gigante ao lado da corda, um gigante dócil, satisfeito, submisso. Trabalham ambos para Pétur e fazem-no há uns bons dez anos, embora Pétur sinta por vezes que o gigante segue primeiro Einar e só depois a ele. Tudo bem, o sacana deverá começar a soprar a qualquer minuto, murmura de novo Árni, ligeiramente mais alto desta vez. Benedikt está com as pernas abertas no meio do seu barco a cerca de dois quilômetros das cabanas dos irmãos, ergue sua trombeta, levando-a aos lábios, enche os pulmões com o ar da noite escura e sopra.

A nota ressoa acima de quase trezentos pescadores vestidos com couro e impacientes abaixo das cabanas principais, e continua para mais longe, pelo ar noturno parado. Andrea se estica, vira a cabeça para ouvir melhor. Pétur, Árni e Einar ficam impacientes, amaldiçoam Benedikt em voz baixa, enquanto Bárður e o menino escutam, tentam aprender a melodia, a sua essência, algo para improvisar durante a longa viagem e durante a vida, que se espera venha a ser ainda mais longa. O gigante Gvendur até fecha furtivamente os olhos por um momento, a música normalmente lembra-lhe algo bom e bonito, e sente isso sobretudo quando está sozinho. Receia, no entanto, que Einar o veja, ele com certeza não ficaria contente com homens que fecham os olhos enquanto estão acordados, e Gvendur não deseja ofender Einar de maneira consciente, a vida já é dura o suficiente como é.

Certo! Grita Árni quando o som termina, e eles empurram com toda a força, como se fossem um homem só. O barco desce o cais, o menino deixa ir, agarra os troncos de madeira que saem debaixo da quilha, corre com eles para a frente do barco e pousa-os em frente à proa. Ele é rápido, isso temos de admitir, consegue correr depressa e tanto de uma só vez que é duvidoso se o país seria suficientemente grande se ele quisesse correr para algum ponto à máxima velocidade. A proa desliza para o mar. Árni e Pétur são os últimos a entrar no barco, pulam a bordo, vindo do mar, e então começam a remar. Bárður e o menino dividem um banquinho ao meio, a energia percorre suas veias, cerram os dentes, seis varas, o mar está sossegado, não oferece resistência, nem vento, nem ondas, o barco prossegue, mas, depois de terem remado cerca de um minuto e de terem se afastado completamente da terra, estão no mar, puxam as varas, Pétur tira o seu chapéu impermeável, seu gorro de lã está por baixo, também o tira, e recita a oração do marinheiro, os outros cinco baixam a cabeça com os chapéus impermeáveis nas mãos. O barco se ergue e cai, tal como a imensidão de barcos abaixo das cabanas principais, um escasso minuto após a grande movimentação iniciada pelo toque de Benedikt, quando quase trezentos homens começaram a correr aos gritos com pouco menos de sessenta barcos para o mar, mas agora os barcos se erguem e descem em silêncio enquanto os capitães rezam. As vozes sobem ao Paraíso com a sua mensagem, o seu pedido, e este é simples: nos ajude!

O mar é frio e por vezes escuro. É uma criatura gigantesca que nunca descansa, e aqui ninguém consegue nadar, exceto Jónas, que no verão trabalha na estação baleeira norueguesa, os noruegueses ensinaram-no a nadar, chamam-no de Bacalhau ou de Peixe-lobo, sendo o último mais adequado, tendo em conta a sua aparência. A maior parte de nós cresceu aqui próximo do mar e praticamente não viveu um dia sem ouvi-lo, e os homens começavam a sua carreira no mar aos treze anos, é assim que é há mil anos, apesar disso ninguém sabe nadar além de Jónas, porque ele fica bajulando os noruegueses. Ainda assim sabemos algumas outras coisas, sabemos rezar, fazer o sinal da cruz, mal acordamos e nos benzemos, quando vestimos os impermeáveis, benzemos o equipamento de pesca, a isca, benzemos cada ação, confiamos a ti, Senhor, os banquinhos onde nos sentamos, protege-nos com a tua bondade, silencia os ventos, para as ondas que podem se tornar tão ameaçadoras. Colocamos toda a nossa confiança em ti, Senhor, que és o início e o fim de todas as coisas, porque aqueles que acabam no mar afundam como pedras e se afogam; mesmo numa calmaria e tão perto da terra, as pessoas com os pés bem assentes na abençoada terra conseguem ver suas expressões, as últimas antes de o mar reclamar suas vidas, ou corpos, essas cargas pesadas. Confiamos em ti, Senhor, que nos criaste à tua imagem, criaste os pássaros para que pudessem voar no céu e nos recordar da liberdade, criaste os peixes com barbatanas e caudas para que pudessem nadar nas profundezas que tememos. Todos nós podemos, é claro, aprender a nadar como Jónas, mas, Senhor, não estaríamos, então, expressando a nossa falta de fé em ti, como se acreditássemos ser capazes de corrigir algo na criação? Além disso, o mar é muito frio, nenhum homem nada por muito tempo nele; não, não confiamos em ninguém, para além de ti, Senhor, e no teu filho, Jesus, que não conseguia nadar mais do que nós, nem tinha necessidade disso, apenas caminhava sobre a água. Pensem só nisso, se tivéssemos a verdadeira fé e conseguíssemos então caminhar sobre o mar, caminhar simplesmente até as zonas de pesca, capturar peixe e depois voltar para casa, talvez os dois juntos, transportando um cesto de mão. Amém, diz Pétur, e todos eles voltam a pôr os seus chapéus impermeáveis, guardando os gorros de lã para mais tarde. A noite está amena, noite silenciosa, noite sagrada, o chapéu impermeável é suficiente, a borda alcança os ombros, e agora remam em nome do Senhor, viram-lhe as costas, para o diabo com ele! Não, o diabo não, deixamos passar esse nome escuro por acidente, não queríamos ter nada a ver com ele, benzeremos nossas línguas em todo caso. As varas se dobram com o esforço, doze braços altamente treinados, músculos rijos, uma força combinada considerável, mas então o fiorde se abre no mar Ártico e não somos nada diante dele, não temos nada além de fé na misericórdia do Senhor, e talvez uma minúscula quantidade de engenho, coragem, anseio por viver. O barco prossegue. Os olhos de Einar brilham, sua fúria se transformou em energia pura que enche todo o seu corpo, todas as células, e se espalha para a sua vara; Gvendur precisa remar com força para manter o ritmo. Durante muito tempo, ninguém pensa em nada e não olham para nada, limitam-se a remar com toda a força, todo o seu ser se dedica a remar, a terra se afasta cada vez mais, eles se embrenham mais no mar.

Desaparecem ao longe.
Andrea está ainda no mesmo local e os vê diminuir de tamanho. Suas expressões faciais se apagam, ela observa até se tornarem um único corpo que leva o barco para o mar, para a noite, na direção dos peixes que nadam nas profundezas e apenas aproveitam a existência. Andrea observa os homens, pede a Deus que os proteja, que não esqueça deles. Espera para voltar à cabana até ver a imensidão de barcos das cabanas principais contornarem o penhasco. É agradável ficar sozinha à noite, mesmo à beira-mar, e ver quase sessenta barcos surgirem na calmaria, ver todos aqueles homens usarem toda a sua força para serem os primeiros a chegar às zonas de pesca e escolherem o melhor lu-

gar, vê-los usarem o máximo das suas capacidades, que, no entanto, são quase nada em comparação ao mar, à fúria do vento, à raiva dos céus, confiamos em ti, Senhor, e no teu filho, Jesus. Ela faz o sinal da cruz, dá meia-volta e repara no seu cunhado, Guðmundur. Os irmãos podem não falar um com o outro, mas prestam atenção nas atividades de ambos. Então, ela não estava sozinha, foi só uma ilusão mental. A realidade é muito complicada, porque Andrea estava completamente só nos seus pensamentos e sensações e a sua existência era baseada inteiramente neles, enquanto, vários metros acima dela, Guðmundur estivera parado, observando a mesma coisa. Ela sente a fúria tomar conta de si, mas com rapidez ela se desvanece, por que deveria ficar nervosa, pensa Andrea, bastante surpreendida consigo mesma, e caminha em direção à cabana, várias tarefas a esperam lá, bem como o herói naval dinamarquês, se é que ele não era apenas outro maldito arrogante, outro político, vocês sabiam que muito poucas pessoas conseguem ter poder nas mãos sem se transformarem? Andrea finge que tem de se aproximar mais de Guðmundur do que na verdade tem, olha diretamente para ele, cumprimenta-o, diz algo sobre o clima. Guðmundur é um homem sério, severo, e a existência não é, claro, nenhuma piada, nisso tem alguma razão, e, além do mais, a vida nunca é uma piada quando ele acabou de se levantar, Andrea sabe disso e é justo por isso que é tão agradável se deslocar tão desnecessariamente até ele, ser desnecessariamente alegre, quase como se a vida estivesse cheia de um prazer vivo naquela noite. Guðmundur devolve a ela um olhar repreensivo, quase escandalizado, e Andrea refreia o seu sorriso. O mundo tem tantos enigmas. Como pode um homem tão austero e sério ter uma filha tão feliz e sorridente? Há muita coisa que não entendo, pensa Andrea, e decide que quando Guðmundur e os seus homens partirem, provavelmente dali a duas horas, e ela tiver terminado os seus afazeres, vai dar uma passada lá e deixar com a menina a palestra de Briet sobre a libertação das mulheres que Bárður e o menino lhe entregaram no início deste inverno; a brochura incomodaria Guðmundur, e o seu desconforto dificilmente se atenuaria por estar encadernada junto do *Guia do construtor* por Jón Bernharðsson; Guðmundur tem um grande prazer nos trabalhos manuais. Andrea fica excitada ao entrar na cabana, começa a assobiar uma variação da melodia que Benedikt soprou, mas no vão da porta se lembra do calor e do odor que vinham do colarinho de Bárður, fecha a porta à noite e os seus pensamentos vagueiam até muito longe.

# 3

Guðmundur não a observa, mas ouve a porta fechar. Ele olha para o mar, o mar escuro, e cheira o ar, um pouco inseguro sobre a previsão meteorológica; não parece que há um cheirinho de vento nordeste atrás da montanha, um vento afiado, mesmo assassino? Ele não se mexe, os barcos se afastam, começam a desaparecer na noite azul-escura, começaram a se espalhar sobre as profundezas que se abrem entre as margens, entre as montanhas que se erguem precipitadamente e de longa idade. Guðmundur tem uma barba enorme, cobre-lhe toda a parte inferior do rosto, nunca vimos o queixo desses homens, se um deles cometesse o erro de se barbear, pareceria que cometera um acidente horrível, parte da sua personalidade arrancada, apenas metade de um homem permanecendo. Ele continua imóvel durante muito tempo. Passam-se muitos minutos. É saudável para uma pessoa permanecer sozinha na noite, ele ou ela se torna uno com a tranquilidade e descobre um tipo de paz que pode, no entanto, mudar sem aviso para um isolamento doloroso. É, porém, bastante escuro, mas há um vestígio de brilho a leste, tão fraco que é quase uma ilusão. Mas o seu brilho, imaginado ou não, dissolve a incerteza de Guðmundur, ele é capaz de ler nas nuvens sobre a praia branca no lado oposto do fiorde, vago ao crepúsculo, o que seu nariz e seus ouvidos não conseguiram lhe dizer, que um vento nordeste estava a caminho, provavelmente uma tempestade, mas dificilmente alcançaria os homens antes do meio-dia. Se se apressassem em uma hora, conseguiriam voltar antes que o mar pudesse lhes fazer mal, antes de as ondas se tornarem assassinas. Ele encolhe os ombros, dá meia-volta rapidamente e anda até a sua cabana com longas passadas de distância. Esses movimentos são tão rápidos e inesperados na calmaria que caiu sobre a noite, após a precipitação para lançarem os barcos, que parecem perturbar o ar em volta das cabanas, como se o fizessem tremer ligeiramente, e Andrea olha para cima ao limpar o chão no sótão. Guðmundur escancara a porta da cabana e grita, acorda, levanta! Vamos partir! Tem uma voz forte e sonora, e os seus homens acordam imediatamente. Estão fora da cama antes de sequer conseguirem pestanejar, alguns ainda meio dormindo quando os pés tocam o chão. Guðrún permanece deitada na cama por mais algum tempo, conta até cem, a vida é mais confortável debaixo das cobertas que no chão entre os homens, que gemem na sua lã áspera, bocejando para longe o seu sono e sonhos, imediatamente ansiosos para se jogarem ao mar, para encontrarem a liberdade e os peixes.

Os homens de Guðmundur saem depressa. Viram o barco, que tem quase um metro a mais do que o de Pétur, carregam-no, não se esquecem de benzer tudo aquilo em que tocam. Navegam juntos há vinte anos, começaram novos na pesca do tubarão nos anos em que não havia leis que controlassem a pesca de alto-mar e eles podiam pescar onde lhes aprouvesse, muitas vezes nos mais escuros dias de inverno, quando a escuridão era tamanha que se podia puxar de uma faca e gravar as suas iniciais nela e então a noite transportava o nome até a manhã. Em algumas noites, ficavam durante horas seguidas sobre os tubarões, num gelo cortante, em pleno alto-mar, e então era como se a noite nunca acabasse e o leste tinha uma escuridão pesada. O tubarão tem sempre fome e engole tudo: uma vez, os homens de Guðmundur encontraram um cachorro na barriga de um tubarão, o tubarão comera-o no dia anterior num fiorde a cinquenta quilômetros, o cão nadara sob as ordens do seu dono, feliz, com a língua pendente, então subitamente ganiu e desapareceu, esse é o perigo de se saber nadar.

Andrea limpa o chão do sótão, pensa nos seis homens no mar no seu barquinho, pensa no momento com Pétur na casa da salga no dia anterior e então fica subitamente tão triste que se levanta, toma um gole de café, senta na cama do menino, suspira em silêncio e acaricia pensativamente a capa do livro que Bárður lia. Lê o título em voz alta, abre o livro e vê a carta que Bárður enfiou no meio, talvez para usá-la como um marcador. É para Sigríður, três páginas escritas com densidade. Andrea lê as primeiras linhas, que ardem com amor, mas sente um pouco de vergonha de si mesma, ou apenas o suficiente para deixar de ler. Volta a fechar o livro, olha para o lado e vê o impermeável de Bárður, e é como se algo frio a tocasse.

# 4

Remam já há muito tempo e o céu está clareando. Remaram pela noite afora e pela frágil manhã adentro. Tiraram os seus chapéus impermeáveis. Aos poucos, perderam de vista os outros barcos espalhados sobre a grande extensão do mar profundo e agitado, e se afastam mais do que os outros e se dirigem a um banco de pesca em alto-mar que Pétur conhece mas que não visita há vários anos, eles confiam nele, ele sabe mais do que todos eles juntos no que diz respeito a bacalhau, ele pensa como um bacalhau, disse uma vez Bárður, e era difícil saber se isso era um elogio ou uma piada, pode ser difícil entender Bárður, mas Pétur decidiu encarar como um elogio. Atacam os remos e aumentam a distância entre eles e a terra. Pode doer se afastar mais de terra, é como se remassem em direção à solidão. O menino vê as montanhas encolherem, parecem afundar no mar. As montanhas nos ameaçam quando estamos em terra, reúnem tempestades à sua volta, matam pessoas ao atirarem pedras nelas, limpam vilas inteiras com avalanches e deslizamentos de terra, mas as montanhas são também uma mão protetora, nos abrigam e abraçam os barcos que entram nos fiordes, mas não protegem em nada os pescadores que remam para longe, exceto as suas orações e capacidades. Começaram a ficar cansados, embora Einar ainda sinta prazer na tarefa, ainda possua brilho nos olhos. Bárður respira suavemente ao lado do menino. Nós dois não nascemos para andar no mar, dissera ele no dia anterior, na padaria alemã, com uma xícara de café e um bolinho.

O café na padaria é de certa forma mais limpo, livre de grãos. Mais vale nos acostumarmos ao luxo, dissera o menino a Bárður, mas então os padeiros, marido e mulher, começaram a discutir nos fundos em alemão. Suas desavenças logo explodiram, e pouco tempo depois berravam um com o outro, mas, de repente, tudo ficou completamente calmo e silencioso na padaria, depois foi possível ouvir uma risadinha suprimida, seguida dos sons de beijos apaixonados. As duas ajudantes de loja continuaram o seu trabalho e fingiram não ouvir, mas Bárður lançou um olhar sorridente ao menino e era incrivelmente bom estar vivo. Ali estavam eles, sentados na padaria, celebrando o futuro, tendo Bárður lhes assegurado trabalho de verão na loja gerida por Léo, seu pai, um conhecido do feitor, que se chamava Jón e que tem dificuldade em se manter quieto, remexe os pés enquanto fala, remexe enquanto ouve, lambe ininterruptamente os lábios com a ponta da língua. Jón não seria nada sem a sua mulher, Tove, explicara Bárður, ela é dinamarquesa, alguns a chamam de fragata e a gente entende o nome quando a vê velejar pela rua abaixo. O mundo se torna consideravelmente mais fácil se a temos ao nosso lado, ela aprecia o trabalho duro: você só precisa continuar o seu trabalho e tudo correrá bem. É também um emprego dos sonhos, nada de esforços árduos, não se fica exausto ao fim do dia e não se fica com manchas na roupa, nem sequer é preciso lavar as mãos!

O mar é extenso e muito profundo, e o menino nunca se afastou tanto.

Isso é, na verdade, desnecessariamente longínquo.

Só um pequeno pedaço de madeira entre eles e o afogamento, nunca se habituará a isso, e aqui o vento sopra com mais força. As ondas se erguem mais alto, o mar se torna mais ondulante. Ainda assim, não podem reclamar do tempo, e eles remam. Puxam com força, os músculos se estendem, espere por nós, bacalhau, estamos a caminho. Ele olha para as costas de Pétur, não há nenhuma semelhança entre ele e a sua sobrinha Guðrún, você está maluco, é como comparar uma noite de verão com uma saraivada. É uma pena que seja tão difícil falar com ela, é praticamente impossível porque muitas vezes ele perde a língua e a coragem quando olha para ela, e, em todo caso, Guðmundur mandaria que os homens acabassem com ele e o usassem como isca se tentasse algo além de olhar para ela e admirá-la. A terra continuou a afundar na escuridão e no mar, mas em breve a luz chegará do leste. Veem algumas estrelas, as nuvens são de vários tipos, azuis, quase pretas, claras e cinzentas, e o céu está em contínua mudança, como o coração. Bárður arfa e murmura qualquer coisa, aos poucos por causa do esforço... o libré tudo cobriu... e o gris crepúsculo. Todos os corações palpitam intensamente. O coração é um músculo que bombeia sangue, o símbolo da dor, da solidão, da alegria, o único músculo que pode nos manter acordados à noite. O símbolo da incerteza: se acordaremos de novo vivos, se vai chover na palha, se o peixe morderá, se ela me ama, se ele atravessará o pântano para dizer as palavras, incerteza sobre Deus, sobre o objetivo da vida, mas não menos sobre o objetivo da morte. Eles remam e os seus corações bombeiam sangue e incerteza sobre o peixe e sobre a vida, mas não sobre Deus, não, porque então eles dificilmente ousariam sair num barquinho, num caixão aberto, para o mar que é azul na superfície, mas negro como breu por baixo. Deus é onipresente nas suas mentes. Ele e Pétur são provavelmente os únicos que Einar respeita neste mundo, às vezes Jesus, mas esse respeito não era tão incondicional, um homem que oferece a outra face não duraria muito nas montanhas daqui. Árni rema e se torna muitas vezes uno com o esforço, durante muito tempo ele não pensa em nada, mas, então, vêm à sua mente Sesselja, e as crianças, três crianças vivas e uma morta, Árni rema e pensa nas casas, no gado, na paróquia, ele planeja se tornar um membro da assembleia municipal em três anos, um homem precisa ter um objetivo na vida, ou então não vai a lugar nenhum e envelhece. Há força nos doze braços experientes, mas o barco mal parece ter se mexido, as ondas reviram por toda a sua volta, não há nelas violência, mas são, ainda assim, grandes e impedem qualquer tipo de visão, há um oceano nessas ondas e o barco é apenas um pedaço de madeira, e os homens sentam na madeira e confiam em Deus. Bárður e o menino, contudo, não confiam tanto quanto os demais. São jovens e já leram o suficiente sem necessidade, seus corações bombeiam mais incerteza do que os dos outros, e não apenas sobre Deus, porque o menino também não tem certeza sobre a vida, mas em especial sobre ele mesmo na vida, sobre o seu propósito. Ele pensa em Guðrún e não é por isso que a sua incerteza diminui. Guðrún tem olhos claros, são tão claros que conquistam a noite, pensa ele entre remadas, está satisfeito com essa frase, repete e memoriza-a para dizê-la a Bárður mais tarde, quando tiverem terra firme debaixo dos pés e onde se está consideravelmente mais afastado do próximo homem do que ali no barco. Ele olha para as costas de Pétur, ouve Gvendur respirar lenta e gigantescamente atrás dele. Olhos tão claros que conquistam a noite, repete a si mesmo, e um verso do *Paraíso perdido* que Bárður leu na noite passada surge-lhe no barco: "Nada é para mim doce sem ti". O menino murmura essa frase, olhos tão claros que conquistam a noite, "nada é para mim doce sem ti" — mas então começa a pensar nos seios dela. Tenta ao máximo pensar na noite, na incerteza, mas não vale a pena, tem a cabeça cheia de imagens e palavras e tem uma ereção. Na verdade, é bom no começo, mas depois não é mais e morre de vergonha de si mesmo. Agora, já não consegue olhar para Guðrún, terminou, perdeu-a, deveria simplesmente me jogar daqui para fora, para mim "nada é doce sem ti", arfa Bárður, como se para castigá-lo. Cita o livro que o capitão marítimo cego lhe emprestou. Tinham passado pelo café de Geirþrúður a caminho da aldeia; agora visitaremos Geirþrúður, dissera Bárður ao terminar a sua xícara de café na padaria, o som dos beijos terminou, mas o padeiro começou a cantar em alemão uma canção inoportuna com uma voz aguda e suave.

Há um trânsito considerável nas ruas da aldeia e algumas das casas se erguem bem acima deles.

O menino se sentiu ligeiramente menor por causa da vida fervilhante, das casas e do nome Geirþrúður. Pararam primeiro na loja de Tryggvi e depois para verem Magnús, o sapateiro, com quem Bárður mediu os pés e encomendou botas de cano alto para a primavera e para o verão ali na aldeia. Não tenha medo de Geirþrúður, disse depois Bárður ao se aproximarem do café, ela não vai te comer, ou, no máximo, apenas um dos seus braços. E o que Bárður disse estava completamente certo, ela não comeu o menino, mas talvez sobretudo porque ela não estava lá, ou, pelo menos, porque não entrou no café, onde pararam durante cerca de meia hora. Esses foram minutos bastante longos para o menino, que se sentia inseguro sobre Helga, o braço direito de Geirþrúður, sobre os seus olhos cor de cinza e observadores, temendo o capitão e a sua voz rouca, as suas palavras ásperas e aqueles olhos mortos abaixo de sua testa alta e enrugada que contém pensamentos notáveis, ou que deveria conter, deve con-

ter, porque ele tem pelo menos quatrocentos livros, assegurara-
-lhe Bárður. Bárður, que parecia estar em casa ali, deu uma gargalhada, apresentou o menino, o meu amigo, prendado demais
para os peixes, e a palavra amigo foi tão quente que o menino se
sentiu um pouco melhor. Os comentários jocosos dos três pescadores que estavam sentados diante de garrafas de cerveja não o
incomodaram, ele entende a linguagem deles depois de ter an-
dado no mar quase três temporadas de pesca no inverno. Jens, o
carteiro inter-regional, também lá estava. Grande, embriagado,
recentemente chegado da sua viagem mensal a Reykjavík, uma
viagem de seis a oito dias. Bárður e o menino tinham visto as
caixas e os sacos de correspondência na entrada do café. É claro
que Jens deveria ter levado a correspondência direto ao dr. Sigurður, onde é separada e depois distribuída aos carteiros locais
que a transportam às fazendas e fiordes da região, mas Jens não
podia se preocupar menos com as normas, também tem algum
problema com Sigurður, e em todo caso é muito melhor ficar
sentado no café de Geirþrúður e beber o máximo de cerveja que
conseguir e para a qual tiver dinheiro, e, além disso, Sigurður
também não é suficientemente bom para pegar a correspondência ele mesmo. Jens olhara rapidamente para o menino, mas,
fora isso, não prestara nenhuma atenção nele ou em Bárður, já
que estava ocupado falando com Skúli, editor do jornal *A Vontade do Povo*. O menino já tinha visto Skúli antes, mas ao longe,
olhara para aquele homem alto e bem-vestido. Deve ser maravilhoso trabalhar como escritor para um jornal, mil vezes melhor
do que pescar. Skúli tinha papéis à sua frente e anotava algo que
o carteiro lhe ditava. O próximo jornal estará repleto de notícias
novas porque Jens caminhara e cavalgara todo o caminho de
Reykjavík com notícias da capital e do exterior, junto com todas
as pequenas notícias que ouviu durante a sua longa viagem. Jens
para em muitas fazendas, há muitas bocas que desejam dizer

algo, mexericos, histórias de fantasmas, especulações sobre a distância entre duas estrelas, entre a vida e a morte, somos aquilo que dizemos, mas também aquilo que não dizemos. Kolbeinn, o capitão cego, não fala sobre muitas coisas e felizmente não se interessa pelo menino, falou apenas com Bárður, leve este livro sobre Juel para Andrea, ele disse, e este aqui é para você. Kolbeinn pousa uma mão no grande livro à sua frente, *Paraíso perdido*, impresso em 1828, como pode perceber confio em você, disse a Bárður, quase de modo cruel, ficou em silêncio por um instante, como se contemplasse aquelas palavras, como pode ver, continuou a falar sobre o livro, mudará a sua vida, que certamente poderia mudar de rumo.

"Nada é para mim doce sem ti."

Milton era cego como o capitão marítimo, um poeta inglês que perdeu a visão na velhice. Compunha os seus poemas na escuridão e a filha transcrevia por ele. Assim, abençoamos as mãos dela, mas esperamos que tivessem uma vida além dos poemas, esperamos que fossem capazes de segurar algo mais quente e macio do que uma caneta esguia. Algumas palavras podem eventualmente mudar o mundo, podem nos confortar e secar nossas lágrimas. Algumas palavras são balas, outras são notas de um violino. Outras conseguem derreter o gelo em volta do coração, e é até possível enviar palavras como equipes de salvamento quando os dias são difíceis e talvez não estejamos nem vivos nem mortos. Contudo, as palavras não são suficientes e nos perdemos e morremos nos pântanos da vida se não tivermos nada a que nos agarrar além de uma caneta. Chega a noite, e um libré tudo cobriu. Linhas escritas na escuridão que nunca deixou os seus olhos, escritas pela mão de uma mulher, traduzidas para o islandês por um pastor que tinha uma visão excelente mas que era tão pobre que não tinha papel onde escrever e era obrigado a usar o céu sobre o vale de Hörgárdalur como página.

* * *

Pronto!, diz em voz alta Pétur.
Pronto!
A primeira palavra ouvida no barco durante quase quatro horas.
Pararam imediatamente no meio do mar.
Respiravam tão pesadamente quanto o mar debaixo deles. A maior parte das montanhas tinha afundado por completo, mas os contornos dos dois picos surgiam de maneira difusa, e é a partir deles que Pétur pilota, o barco está sobre o banco de pesca, onde o mar não é tão fundo nem tão assustadoramente escuro.
Pronto! E Árni e Pétur puxaram os remos para dentro.
Uma palavra que é, contudo, dificilmente uma palavra, e é, no geral, completamente inútil, dificilmente dizemos pronto! quando sonhamos com o propósito, ansiamos por lábios, toque, dificilmente suspiramos pronto! quando atingimos um orgasmo, não dizemos pronto! quando alguém nos abandona e nossos corações endurecem como pedra. Mas Pétur não precisa dizer mais. Os homens não precisam de palavras em alto-mar. O bacalhau não se interessa por palavras, nem sequer adjetivos como esplêndido. O bacalhau não se interessa por palavra alguma, e, porém, nada nos mares quase sem se alterar há cento e vinte milhões de anos. Isso nos diz algo sobre a linguagem? Talvez não precisemos de palavras para sobreviver; por outro lado, precisamos de palavras para viver.
Pétur diz pronto!, lança a boia borda afora e começa a largar a primeira linha com Árni.
Os outros quatro afastam a linha. Essa longa extensão de corda com inúmeros anzóis nos quais colocaram a isca durante a noite, seis linhas, uma para cada homem, a linha de Pétur foi colocada primeiro. Ele e Árni benzem cada uma das linhas antes

de as colocarem para que nada de mau surja das profundezas, mas o que poderia ser? As profundezas do mar estão livres de todo o mal, são apenas vida e morte, enquanto haveria certamente uma necessidade de se benzerem as linhas, não apenas uma, mas pelo menos dez mil vezes, se tivéssemos de enviá-las para as profundezas da alma humana. A brisa do leste aumenta cada vez mais forte, se tornando mais do nordeste. A temperatura baixa. Contudo, lentamente, e ainda estão bastante quentes depois de remarem, um calor que não abandona por completo os quatro que esticam a linha, os outros dois têm frio mas não demonstram e assim provam sua força, que talvez não seja força mas simplesmente medo da opinião dos outros. Muitas vezes as pessoas são ridículas. As linhas afundam uma seguida da outra até o frio mar azul, ficam lá em silêncio e na escuridão das profundezas, à espera do peixe, de preferência bacalhau.

Os seis homens esperam no barco pelo peixe que nada no mar há cento e vinte milhões de anos. Espécies de animais chegaram e partiram, mas o bacalhau fez o seu próprio percurso, a humanidade é apenas um curto período na sua vida. O bacalhau nada a vida toda com a boca aberta, tão guloso que não há quem lhe passe à frente, exceto, é claro, os humanos, come tudo o que pode pescar e nunca se cansa, o menino uma vez contou cento e cinquenta capelins adultos dentro de um bacalhau de tamanho médio e foi severamente repreendido por perder tanto tempo com tal coisa. O bacalhau é amarelo e gosta de nadar, está sempre esperando por comida, na sua vida muito pouco acontece de notável e uma linha que surge com isca num anzol é considerada uma grande notícia, é um grande acontecimento. O que é isso?, perguntam os bacalhaus uns aos outros, finalmente algo novo, diz um, e morde imediatamente, e então todos os outros se apressam a também morder, porque nenhum quer ficar de fora, é excelente ficar aqui pendurado, diz o primeiro com um dos lados da boca, e os outros concordam. As horas passam, depois há movimento, depois tudo começa a se mexer, todos são puxados para cima, algum enorme poder os puxa para cima, para cima e para cima em direção ao céu, que pouco depois se rompe e se abre noutro mundo cheio de peixes peculiares.

Colocaram todas as linhas e a espera começa.

A longa espera para que os peixes mordam. Duas horas sem fazer nada. Duas horas num caixão aberto no meio do mar polar. Num vento gelado e cada vez mais forte. Agora, só Gvendur e Einar têm trabalho para fazer. Não largam as varas, não têm uma pausa até chegarem à terra e até a liberdade do mar estar atrás deles, a menos que o vento esteja favorável para a vela, então eles descansam enquanto o barco navega, Pétur pilota e o barco se torna um navio elegante. Sim, esses são belos momentos, até mesmo bonitos, um caixão se torna um navio que ultrapassa as ondas, os homens descansam e suas mentes se enchem de sonhos.

Gvendur e Einar remam contra a corrente de modo a se manterem firme próximos da boia. A cor escura da noite afunda lentamente diante da luz da alvorada, muito lentamente, ainda está meio escuro acima das cabeças, uma estrela aqui e acolá em frestas nas pesadas e baixas nuvens que enchem gradualmente o céu. Pétur se aproxima do barril com soro de leite, retira a tampa, sorve um grande gole, repassa ao Árni, e todos eles bebem da mesma forma, enchem a boca com soro de leite e se sentem refrescados. A temperatura baixa. Será uma espera gelada, mas e daí? Esperaram por linhas com tempo mais frio do que esse, e esperaram com mais vento, tanto que foram necessários quatro homens para manter o barco no lugar. Esperaram com tanta escuridão que Pétur teve de se agarrar à corda presa na boia, para que ela não escorregasse do barco e se perdesse, se agarrou bem na corda mas ficou morrendo de medo de que o diabo estivesse de vigia na noite, segurando-se na outra ponta. No entanto, nunca lhe passaria pela cabeça largar a corda, porque a pior coisa neste mundo é, sem dúvida, deixar que as linhas fujam, perdê-las, ter de deixá-las para trás, ter de voltar à terra consternado antes que a fúria se apodere do barco, antes que as ondas se tornem muito grandes e se arrebentem sobre ele, exatamente tão pesadas quanto a morte. Mas o mundo é variado, há tempestades e calmarias, e estava gloriosamente calmo da última vez que foram para o mar, meio mês atrás. O mundo dormia, o mar era um espelho que se erguia e descia. Tinham visto todas as rachas e fendas nas montanhas a muitos quilômetros do barco e o céu curvado sobre eles como o telhado de uma igreja, o telhado que nos protege. Os seis homens tinham ficado em silêncio, humildes e gratos pela sua existência. Mas não é normal que uma pessoa se sinta grata ou humilde por muito tempo: alguns tinham começado a pensar em tabaco e esquecido da vida eterna. Bárður e o menino tinham se recostado um pouco e olhado para o céu estrelado que nos torna humildes e poderosos ao mesmo tempo e que parece muito vezes falar conosco. Dizem que limpa feridas antigas de maneira cuidadosa.

Mas agora não há estrelas, não nesta viagem. Não mais. Desapareceram todas atrás das nuvens que se densificam dali em diante, trazendo tempo ruim. O dia se aproxima, o vento se torna mais forte e mais frio, nascido do gelo que enche o mundo atrás do horizonte, não remaremos nessa direção, o Inferno é o frio. Vestem os seus impermeáveis, porque, embora as suas camisas estejam bem comprimidas, o vento ártico passa com facilidade por elas, e certamente não ajuda quem esteja encharcado de suor. Todos pegam seus impermeáveis, todos exceto Bárður, que não pega nada, sua mão para no ar vazio e frapraguejaem voz alta. O quê?, pergunta o menino. Maldito impermeável, esqueci dele, e Bárður pragueja mais, pragueja por ter se concentrado desnecessariamente na memorização de versos do *Paraíso perdido*, se concentrado tanto que se esqueceu do impermeável. Andrea com certeza já encontrou a roupa e teme por ele tremendo lá no frio, indefeso contra o vento ártico. Isso é o que os poemas podem fazer com a gente. Você é mesmo um idiota, diz Einar, e sorri, mas Pétur não diz nada e até parece evitar olhar para Bárður, que roga todas as pragas que a vida lhe ensinou, e que são muitas. Os palavrões são pequenos pedaços de carvão e podem aquecer as coisas, mas as palavras infelizmente pouco podem fazer para manter afastado o vento ártico, que se infiltra e atinge a carne, um sobretudo razoável é muitas vezes melhor e mais importante do que todos os poemas do mundo. O menino e Bárður se sentam frente a frente no banquinho, começam a bater as palmas das mãos juntos, primeiro lentamente, depois o mais rápido que conseguem, continuando até um calor razoável ter se produzido em Bárður, enquanto o menino ficou suado e sem fôlego. O calor, contudo, depressa abandona Bárður, que tenta socar a si mesmo para gerar calor, agora vou ficar doente, pensa ele com remorsos, sem dúvida perderei a próxima viagem, perderei a entrega do peixe na loja, perderei o peixe, inferno, pragueja, é horrível perder o peixe. Os peixes não são apenas um grupo de vertebrados com sangue frio, que vivem na água e respiram pelas guelras, os peixes são muito mais do que isso. A maior parte das povoações islandesas foi construída com espinhas de bacalhau, elas são os pilares debaixo do telhado abobadado dos sonhos. Pétur sonha ficar rico, derrubar a velha chácara e construir uma casa de madeira com janela, isso faria Andrea feliz e ela certamente aproveitaria, na verdade parecia que algo de ruim tinha se passado entre eles. No entanto, Pétur não sabe o que poderia ser, ele está, para dizer a verdade, desorientado, ele não mudou, trabalha sempre em tudo conscientemente, nunca tem uma pausa, mas por que sente às vezes que está perdendo a mulher, será que está sendo traído pela vida? Porém, não consegue apontar nenhum acontecimento em particular, não há nada que apoie essa suspeita, exceto a sensação de que algo no ar trabalha contra ele e ergue um muro entre eles, gerando distância. Essa suspeita se transforma muitas vezes em pura indisposição, ele é tocado pela depressão que tira a força dos seus braços, deixa a cabeça mais pesada, mas é muito raro isso aqui no mar; aqui ele é feliz, aqui ele consegue ultrapassar tudo, e ao seu lado está Árni, o melhor ajudante marítimo que Pétur já teve. Árni também sonha com casas de madeira, sonha em melhorar os seus campos, em terraplenar os montinhos de relva, em comprar tecido macio e vermelho na loja de Tryggvi no final da temporada de pesca, junto com brinquedos para as crianças. Aquele que não tem sonhos corre perigo. Gvendur sonha com botas americanas e olha muitas vezes para as de Árni. Einar planeja comprar um casaco e um gorro colorido no final da temporada de pesca, mas o menino sonha com livros, com outra vida, e muitas vezes sonha com Guðrún, talvez os dois pudessem comprar uma fazendinha, não, caramba, ele não é nenhum agricultor, não quer ser um agricultor, nem sequer com ela, que por fim tornaria tudo bom e brilhante e transformaria tudo num conto de fadas, não, vai ser ajudante na loja do Léo para começar, depois pode ler à noite, então algo acontecerá e as oportunidades aumentarão.

O vento se tornou mais forte.

Bárður bate em si mesmo. Pragueja em voz alta e também em silêncio. Sonha em se livrar do seu pai, sonha em fugir, em viver com Sigríður, com os seus risos e comentários que frequentemente lançam uma nova luz sobre as coisas deste mundo, sonha em aprender mais do que já sabe, sonha com Copenhague, onde há torres e incontáveis ruas onde poderá se perder, sonha em fazer algo grande, porque senão por que raio vivemos? Essa é uma questão com que se debate. Mas aqui está outra ainda mais premente: como pode manter o frio distante? Pétur dá tabaco a ele, que aceita apesar de não estar acostumado, faz uma careta por causa do sabor amargo, o tabaco aquece-o um pouco mas não por muito tempo, voltam a bater palmas, ele e o menino, batem com as palmas das mãos rápida e duramente, o vento e o frio cortante aumentam e as nuvens escurecem. A terra desapareceu, o horizonte fica repleto de neve rodopiante, ela vai atingi-los em pouco mais de uma hora se o tempo não parar, mal avança, tão lento que quase para. Árni e Pétur tremem, têm frio mesmo com seus impermeáveis. Pétur começa a cantarolar, em voz baixa e incoerentemente, relaxa as cordas vocais, e, quando estão quentes e flexíveis o suficiente, começa a recitar e os outros põem-se a escutá-lo. No começo, são versos sobre cavalos, sobre pescarias, sobre heroísmo e façanhas no mar, mas o heroísmo e os cavalos não servem muito contra o frio, ele muda de rota, começa a recitar versos ambíguos que rapidamente se tornam obscenos. Pétur sabe muitos desses versos, fala umas dúzias, talvez centenas. Ele passou para outro banquinho e sentou na proa do barco, vestido com o impermeável e grandes luvas grossas de lã, um gorro de lã debaixo do chapéu impermeável, o gorro vai até as pálpebras, apenas os olhos, nariz, parte das faces e boca são visíveis, a barba esconde o resto, esconde a sua expressão e é provavelmente o motivo pelo qual ele parece indomável ao balançar para a frente e para trás mascando o tabaco. Os versos irrompem dele numa torrente. Como se para exorcizar o frio ártico. Os versos se tornam gradualmente mais crus, mais violentos, e Pétur se transforma. Já não é o capitão silencioso e sério, a mula de carga, algo antigo e obscuro desperta nele, já não é poesia o que provém do seu interior, a poesia é para preguiçosos e eruditos, isso é uma força primitiva, uma linguagem com raízes profundas num subconsciente difuso, nascida de uma vida dura e da morte sempre presente. Pétur se aquece até ferver e se balança ritmicamente no banquinho, bate com as palmas das mãos na coxa de vez em quando, quando as palavras que rimam se tornam tão pesadas que é difícil para o corpo humano processá--las, porque o corpo humano é delicado, não consegue aguentar o impacto de pedras grandes, não consegue suportar avalanches, o frio intenso, não consegue suportar a solidão, não consegue suportar rimas pesadas com antiguidade, cheias de luxúria, e é por isso que Pétur bate na coxa, para fazer as palavras saírem, e os cinco homens se sobressaltam, todos ligados por essa força primitiva proveniente do seu capitão. Os olhos de Einar estão arregalados com felicidade negra, Gvendur respira pela boca, Árni não tira os olhos de Pétur, os olhos de Bárður estão semicerrados, ele não ouve as palavras mas o seu som, o som na voz, e pensa, é o próprio diabo, de onde é que esse velho parasita tira tanta força?! O menino balança entre o arrebatamento e a antipatia, olha para um homem de cinquenta anos que profere versos obscenos, o que é Pétur senão um velhote e o que são esses versos senão deboche? Mas, no fôlego seguinte, Pétur volta a mudar, para algo antigo, e o som das palavras penetra no menino. Amaldiçoa-se, amaldiçoa Pétur, está lá sentado no meio de cinco homens num barquinho no mar polar, com gelo por toda a volta, balançando entre o arrebatamento e a antipatia. Pétur tirou o seu chapéu impermeável, está suando, deixou de lado uma das luvas, sua grande mão parece estar fechada em volta de algumas das palavras, ele olha para o vazio, concentrado, e tenta não pensar em Andrea, fica mais tempo, ela pede, muitas vezes, na casa da salga, na pilha de peixe salgado que vai crescendo, e que em breve será tão alta que ele não conseguirá fazê-lo, faz devagar, ela diz, é bom, e abre mais as pernas, tanto para aproveitar mais, para senti-lo melhor, como também para que ele não a machuque, mas o calor nas suas palavras e as pernas que se afastam se tornam demais, tudo arrebenta no interior de Pétur, ele treme e cerra os dentes, mas Andrea desvia instintivamente o olhar, como se para ocultar a desilusão, até mesmo a tristeza, visível no seu rosto, e, então, há um silêncio na casa da salga e Andrea evita olhar para o marido. Nesse preciso momento, em meio ao seu prazer com o poder dos versos, Pétur olha para cima. O poder, a magia, a luxúria diminuem inesperadamente, transformam-se em nada, são tirados dele e desaparecem quando o medo de perdê-la percorre e invade todas as suas células. Perdê-la onde, ele não sabe, nunca foi ao cerne dessa questão, mas o que tem ele, e o que é a vida? Sim, é este barco, a terra com as suas casas e seres, e depois Andrea. Trinta anos com ela. Não conhece outra vida. Se ela desaparecesse, ele perderia o equilíbrio, então, essa conclusão surge de modo completamente inesperado, o verso morre nos seus lábios e Pétur parece esmorecer.

Einar praguejα ligeiramente. Conhece os poemas que foram recitados e esperara ansioso pelas últimas estrofes. O silêncio inesperado traz o mundo de volta. Traz o frio, o vento, as ondas que se erguem e os flocos de neve, porque a neve se aproximou mais ainda. Bárður esfrega com fúria os seus braços, o menino se vira de modo a conseguir esfregar simultaneamente o peito e as costas do seu amigo, Einar e Gvendur lutam contra as ondas, Árni evita olhar para Pétur, que é tão diferente dele, está ali sentado e parece esperar que alguém o atire borda afora como se fosse uma coisa inútil. O barco sobe e desce. O enjoo que torturou tão pouco o menino durante a viagem, tendo ele abençoado tantas vezes o elixir chinês na sua mente, regressa agora, é, contudo, ainda leve, uma indisposição que deverá ser capaz de afastar quando começarem a puxar as linhas, isso se chegarem a começar, se o tempo não os abandonou, os deixou para trás no mar Ártico. Pétur se abana, se abana como um animal, se arranca da apatia, da rendição, do medo, e diz: Rememos até a boia.

\* \* \*

    Árni, Bárður e o menino se endireitam, mas Einar e Gvendur dão meia-volta e remam com força, percorrendo a curta distância até a boia, porque agora eles deverão içar o peixe, agora deverão içá-lo das profundezas, o peixe que mantém a vida em nós, melhora as casas e aumenta os sonhos. Bárður prende a canilha na toleteira, cabe a ele puxar a linha: é necessário para esse trabalho ter força e resistência, das quais tem uma quantidade considerável. Pétur se recosta ligeiramente de lado, olha para o mar lá embaixo, espera com o arpão na mão direita, começam com a sua linha, a linha do capitão. Tremem em expectativa. Bárður puxa, a linha se mexe lá no fundo, o bacalhau sobe à superfície e tem uma recepção dura. Pétur arpoa o peixe e coloca-o a bordo; pouco depois, Árni sangra-os com um movimento rápidos e eles nunca mais nadarão nas profundezas azul-escuras com bocas escancaradas, engolindo tudo aquilo que é menor do que eles, esses momentos de prazer já passaram e a morte se apodera deles, mas não sabemos para onde a morte os leva, será que existe um mar eterno em algum lugar atrás do tempo, cheio de peixes mortos, alguns há muito extintos aqui na Terra? Os peixes têm sangue frio e talvez não tenham uma especial sensibilidade em relação à vida e à morte, pensa o menino, tira a linha assim que Bárður a iça, muito pesada com os peixes, pousa-a, cuidadosamente, certifica-se de que não está emaranhada, arranca a isca que resta nos anzóis, nem sempre é fácil e é preciso ser rápido, muitas vezes a única maneira é usar os dentes, arrancar a isca e depois cuspi-la gelada e extremamente salgada. Há muitos peixes. Bárður começa a içar a linha de Árni, Pétur aponta o arpão, ele sorri, é um momento bonito. Einar e Gvendur combatem as ondas, ambos sorriem, Gvendur parece um cão enorme e dócil, e a manhã chegou. Mas, quando Bárður tinha puxado bastante da quarta linha, a linha do menino, é como se o céu voltasse a escurecer, como se a noite tivesse regressado, desculpe, esqueci de algo. Mas não foi a noite que regressou para ir buscar o chapéu, porque Pétur olha para cima e em volta, o mundo desapareceu e uma espessa nuvem negra está onde deveria estar o horizonte.

A tempestade se aproxima e em breve estará sobre eles.

Árni, diz Pétur, e não diz mais nada porque Árni vê para onde o capitão está olhando, pousa a sua faca e começa a ajudar Bárður a puxar, o mar se tornou inquieto, sua permissividade em relação àquele barco, àqueles homens, está acabando. As ondas aumentam de tamanho, o vento sopra gelado, os movimentos de Bárður são mais lentos, o frio começou a arrancar suas forças, a alegria diante de uma boa pesca aquece até certo ponto, mas não é ainda assim grande coisa e certamente não dura. Alegria, felicidade, amor escaldante formam a trindade que nos faz pessoas, que justifica a vida e a torna mais importante do que a morte, e que, no entanto, não garante maior abrigo do vento ártico do que aquele. O meu amor por um impermeável, a minha alegria e a felicidade por outra camisa de lã. O vento sopra sobre o mar polar, aumentando de intensidade a cada minuto que passa e cuspindo flocos de neve. Gvendur e Einar precisam agora usar toda a sua força para manterem o barco razoavelmente firme, as ondas se erguem à sua volta, a terra desapareceu há muito tempo, o horizonte também, já não há nada no mundo além de seis homens num barquinho, que puxam peixes e sonhos das profundezas frias. Pétur se aguenta, arpoa os peixes para dentro do barco, olha primeiro para Bárður e depois para o tempo em volta deles, Árni e Bárður começaram a içar a quinta linha, a de Gvendur, que se segura firmemente ao seu remo, tão gigantesco ao lado de Einar, mas pequeno e assustado por dentro, porque deve ser horrível se afogar, e o mar polar já não se preocupa com aquele pedaço de madeira com homens, e agora a tempestade arrebenta. A neve fica mais espessa. No entanto, dificilmente se poderia chamar aquilo de nevasca. O vento fustiga o rosto dos homens com os flocos de neve, obrigando-os a olhar de viés, ou melhor, a desviar o olhar. As ondas arrebentam em volta do barco, a água do mar se precipita sobre eles, não muita, mas só é preciso um pouco para encharcar um homem que se esquece do impermeável em terra, Bárður arqueja para recuperar o fôlego. E quase ao mesmo tempo, Árni olha para Pétur, que assente, atira o arpão para o monte de peixes, pouco menos de duzentos, Árni procura a faca, corta a linha de Gvendur, muita da qual já tinham içado, parcialmente curvado sobre o trabalho, nem sentado nem em pé, é maré cheia, diz o menino, que vomitou duas vezes, vomitou o soro de leite, vomitou o pão de centeio que comeu à noite, um pouco dentro do barco, um pouco no mar, o resto levado pelo vento. A neve que cai à sua volta se torna ainda mais espessa e diminui o mundo, sua visibilidade está limitada a apenas alguns metros, e a única coisa que veem são as ondas que se erguem, e os pensamentos que se aprofundam. O barco é erguido, cai, a camisa de Bárður virou um pedaço de gelo, ele senta num banquinho, afaga a si mesmo, se soca com fúria. O menino tenta se afastar do seu enjoo, que continua a aumentar apesar do elixir chinês, que é um produto mundialmente famoso e altamente científico, está mais dependurado do que sentado no banquinho e esfrega timidamente o amigo, oferece a ele o seu impermeável, mas Bárður abana a cabeça, o impermeável do menino é pequeno demais, e as coisas também não melhorariam se ambos ficassem ensopados. Inferno, inferno, inferno, murmura Bárður. Cadê a minha linha?!, grita Einar, olhando furioso para Pétur e Árni. Não podemos mais esperar!, Pétur grita, com uma distância de apenas três metros entre eles, mas aquele que quiser ser ouvido no mar polar precisa gritar, berrar, e mesmo assim não é o suficiente. Einar grita, contorce a cabeça como se sob tortura, como se para acalmar a violência que ameaça explodir sua cabeça, depois cerra os dentes com toda a força e consegue conter as palavras que uivam dentro de si. Pétur é o capitão, suas palavras são lei, aquele que desaprovar pode ir para outro lugar, mas ainda assim é uma pena, deixa Einar tão bravo que literalmente vê sangue quando todas as linhas, exceto a sua, são içadas, carregadas com peixe, esta é a injustiça mais sombria, isto é um Inferno escuro como breu. Mais de três horas remando intensamente, outras três horas empurrando contra o vento e a maré, e o que se recebe, nada, os peixes deixados para trás no mar, pendurados nos anzóis. Einar olha com olhos assassinos para Bárður, que tenta afastar o frio com socos, e para o menino mortalmente pálido que esfrega o seu amigo, não é o tempo que rouba os peixes de Einar, mas Bárður. A vela!, grita Pétur ao vento e à neve inclemente, uma palavra e Einar e Gvendur recolhem as varas, Bárður e o menino endireitam-se, os homens se mexem rápida mas cautelosamente, um movimento descuidado, irrefletido e o barco poderia perder o equilíbrio que separa a vida da morte. Os dois mastros se erguem, a vela esticada entre eles, Pétur soltou o leme, precisou rastejar na sua direção, e o vento parece atacar a vela, mergulhar violentamente sobre ela, por fim alguma resistência, por fim outra coisa além do ar vazio, o barco fica quase adernado. Eles olham diretamente para o mar rodopiante. O céu acima deles desapareceu há muito, aqui já não há um céu, nenhum horizonte. O barco recupera o equilíbrio, há movimentos manuais experientes, e Pétur pilota talentosamente. O mar começou a balançar, lança espuma e salpica entre os homens, todos eles inspiram profundamente com falta de ar, exceto Bárður, que está calado e tenta tirar água de dentro do barco, mas tem dificuldade em agarrar o balde por causa do frio que entra pela camisa gelada, o vento fustiga-os, eles velejam com o vento ártico atrás deles, a tempestade de neve persegue-os, a neve amontoa-se e congela o barco e as velas. Os homens tentam afastar a neve com socos, o objetivo é viver e todos eles trabalham como loucos, exceto Pétur, que pilota dobrado pelo frio, com o rosto dormente, nada à sua frente senão um mar revolto e a neve, mas Pétur não precisa ver nada, as direções estão no seu interior e tenta guiá-los no percurso certo, tanto quanto o vento o permite. Trabalham como loucos. Socam a neve e o gelo para fora do barco. Tentam afastar a morte com socos e precisam usar toda a sua força e não há nenhuma certeza se isso bastará, o estado de Bárður diminui a probabilidade, mas seria uma sentença de morte para todos se um deles lhe emprestasse o seu impermeável, ainda que por um momento, já que então dois deles não seriam capazes de trabalhar, e não apenas um. Um homem sem um impermeável fica encharcado, completamente encharcado, no mais curto espaço de tempo, o frio toma conta por inteiro dele e não o larga, não no mar aberto. Tenta combatê-lo, grita o menino a Bárður, que dá murros no gelo e na neve com gestos fracos na vela acima dele, para subitamente e olha para o seu amigo. É quase como se Bárður sorrisse, ele se aproxima, tão perto que só têm alguns centímetros entre si, um pálido e fraco com o enjoo, o outro azul-esbranquiçado com o frio. Bárður coloca a cabeça ao lado da do menino, seus olhos castanhos cheios de algo que o menino não entende, os lábios de Bárður se unem, ele luta para formar palavras, conquistar o frio, e consegue fazê-lo, as palavras surgem, distorcidas, é claro, mas inteligíveis para aqueles que sabem de onde provêm, e o menino sabe disso: doce é o mar da manhã, doce é a chegada do dia, acompanhada por notas, encantadoras, de pássaros madrugadores, um prazer para os ouvidos. O menino tenta sorrir entre o enjoo e o frio, entre o medo. Bárður se aproxima ainda mais, a borda do seu chapéu impermeável se dobra e as testas se tocam, "nada é para mim doce sem ti", murmura Bárður, o verso escrito na carta que Bárður terminou na sua última noite, dirigida a Sigríður, que talvez esteja em frente à batedeira de manteiga no campo, em algum lugar atrás da tempestade, se existe algo além desta tempestade, deste barco e desta queda de neve que o vento rasga e atira contra os seus rostos. O menino continua a socar o gelo para fora da vela e do barco, para ele é mais fácil respirar. A certeza de que Bárður não deixará que o frio o derrote dá a ele mais força, doce é o ar da manhã, e durante algum tempo esquece tudo exceto a tentativa de socar o gelo e a neve da vela, exceto a luta pela vida, mas, quando volta a olhar, Bárður rastejou até a proa e está lá deitado. O menino se remexe, quase que engatinha, e empurra Einar para um lado de modo a chegar a Bárður, Einar dá um grito, você quer que a gente morra, seu maldito cachorrinho! Porque o homem que não faz o seu trabalho põe todo mundo em perigo, mas, e depois, Bárður está ali deitado, levou os joelhos ao peito e prendeu os braços à sua volta. O menino se aninha ao seu lado e grita, Bárður! Ele chama pelo nome que significa mais do que todos os outros nomes no mundo juntos, mais do que um barco com duzentos peixes, se aproxima tanto que respira sobre os olhos castanhos de Bárður. Bárður olha para ele sem nenhuma expressão porque o frio paralisou seus músculos faciais, mas, ainda assim, olha. O colarinho do menino é agarrado. Einar puxa-o bruscamente para cima, o menino olha para o outro lado do barco, Pétur e Árni gritam, mas ele não ouve nada, a única coisa que se consegue ouvir é o ruído do vento. O menino olha para Einar e depois bate nele com uma fúria gelada, bate no seu queixo. Einar recua com o golpe, mas também diante da fúria que torna o menino irreconhecível, ele cai de joelhos, arranca o seu impermeável, tenta inutilmente colocá-lo em Bárður, esfrega o rosto de Bárður, dá-lhe socos nos ombros e sopra-lhe nos olhos porque há vida ali, ele grita, ele soca mais, esfrega com mais força mas é indiferente, é inútil, Bárður deixou de olhar, já não há expressão alguma nos seus olhos. O menino tirou as luvas e esfrega o rosto frio do seu amigo, olha-o nos olhos, sopra em cima deles, sussurra, diz algo, acaricia sua face, esbofeteia seu rosto e grita e espera e murmura, mas nada acontece, a ligação entre eles foi quebrada, o frio reivindicou Bárður. O menino olha sobre o ombro para os quatro homens que lutam unidos pela vida, olha de volta para Bárður, que está sozinho, já nada pode tocar nele, exceto o frio. "Nada é para mim doce sem ti."

# 5

É ridiculamente bom ter terra firme debaixo dos pés. É sinal de que não nos afogamos e de que podemos comer algo depois de doze horas no mar polar com ventos e nevasca entrecortada. Comer muitas fatias de pão de centeio com uma camada de manteiga e geleia e beber café muito forte com açúcar mascavo. Não há nada melhor do que isso. Tendo a fome começado a corroer o interior dos homens, o cansaço tremendo nos músculos, em tal momento, café e pão de centeio são o próprio Paraíso. E então, quando a pescaria foi contabilizada, peixe fresco cozido com molho. Felicidade é ter algo para comer, ter escapado da tempestade, atravessado as ondas gigantes que rugem logo depois da terra, passá-las exatamente no momento certo necessário para navegar entre elas, caso contrário, as ondas viram o barco ou o enchem e então os seis homens que não sabem nadar estão no mar com duzentos peixes mortos, a pescaria estragada e uma probabilidade considerável de se afogarem, mas Pétur é um gênio, ele sabe qual é o momento, eles atravessam e escapam.

Gvendur e Einar pulam para fora do barco, desembarcam

no mar que bate na altura do joelho, Guðmundur e um dos seus tripulantes se aproximam para encontrarem com eles. Eles não foram para o mar, Guðmundur decidiu não ir no último minuto, mesmo no último, dois dos seus tripulantes estavam sentados com os impermeáveis no barco, os outros tinham começado a empurrar quando Guðmundur cancelara tudo, havia um jogo de cores no horizonte de que ele não gostava. E aqueles que ficam em terra não observam passivamente os barcos desembarcando, mas dão uma ajuda, existe uma lei acima das leis humanas porque esta é uma questão de vida ou de morte, e a maior parte escolhe a primeira. A vida tem também uma vantagem sobre a morte, porque se tem alguma ideia daquilo com que se lida, e já a morte é a grande incerteza, e poucas coisas são mais desagradáveis para os seres humanos do que a incerteza; é o pior de tudo.

Quatro homens da tripulação de Guðmundur estão no guindaste com Gvendur e Einar e içam o barco no cais, os outros empurram, atrás deles as ondas quebram com espuma, e ainda mais longe a tempestade ruge. O tempo está ali consideravelmente melhor, embora haja um lamento nas montanhas acima das cabanas e o vento seja tão forte que Andrea tem de permanecer com as pernas abertas e por vezes inclinar-se. O café está pronto no interior da cabana e ela está ali, inclinada contra o vento, não entende o que se passa dentro dela, deveria ter descido com os barcos, empurrado nos últimos metros, pegado dois peixes da pesca para cozinhar, depois ido com os homens até a cabana, onde sentariam alegremente sob o aroma do café e do pão velho das suas marmitas, a felicidade pode ser encontrada em pequenas coisas. Esses são bons tempos, sentar entre os homens, perguntar sobre a viagem, sentir o cheiro do oceano encher o sótão, ainda assim, ela está ali, imóvel. Semicerra os olhos, tenta protegê-los da neve. Algo está errado. Ela sente isso. E a mesma sensação de mau presságio que sentira nessa manhã, quando os seus olhos pousaram no impermeável de Bárður, cresce dentro dela. É como se não se atrevesse a se mexer, como se o mais ligeiro movimento confirmasse seu pior medo.

Um corpo vivo é extraordinário. Contudo, ao mesmo tempo que o coração deixa de bater, já não bombeia sangue, e as recordações e os pensamentos já não cintilam no interior do crânio, deixa de ser extraordinário e se transforma em algo para o qual preferiríamos não ter encontrado palavras. É melhor deixar que a ciência faça isso. E depois a terra. Andrea semicerra os olhos, os afasta dos flocos de neve incomodativos, e, por fim, tem a ideia de contar os homens. Ali estão Gvendur e Einar no guindaste, Pétur se agarra à proa, ali está Árni, ali está o menino, e agora ela vê que os seus gestos são pesados, não de fadiga, mas de algo completamente diferente, e não se vê Bárður em lugar nenhum. Onde está Bárður?, ela diz involuntariamente, pergunta ao vento, pergunta aos flocos de neve, mas não há resposta, não precisam responder, o vento se limita a soprar, vem e tão depressa vai e a neve nasce nos céus, é por isso que é branca e que os flocos têm a forma de asas de anjo. Os céus nunca precisaram explicar nada, erguem-se bem acima da nossa cabeça, da nossa vida, e estão sempre à mesma distância, nunca nos aproximamos deles, quer estejamos no telhado de uma casa ou numa montanha, quer tentemos persegui-los com palavras ou em veículos. Andrea tem um sobressalto, como se fosse dar o primeiro passo e depois outro, começar a caminhar, começar a dar passadas, correr ao barco, aos homens que terminaram de puxar o barco para terra, o tempo está muito ruim mas não tão ruim que tenham de prender mais o barco, ainda não, porque a tempestade está no mar, dois elementos que afogam os humanos que se arriscam neles. Agora, eles deveriam ir até a cabana, encontrar a felicidade no café, prazer no pão de centeio, na geleia, na manteiga, encanto no pequeno sossego, e Guðmundur deveria ir à própria cabana para não ficar mais tempo do que o necessário sob o mesmo céu que o seu irmão, caramba, alguém deveria estar se mexendo pelo menos, alguém para lá do vento contínuo, dos flocos de neve dos céus. Os homens no guindaste se endireitam e olham para o barco lá embaixo. Aqueles que empurraram ou puxaram permanecem imóveis, desconfortáveis, com as mãos de lado; ficam assim durante muito tempo, certamente muitos minutos ou horas, sente Andrea, mas dificilmente mais do que alguns segundos. As horas são numerosas e o relógio quase nunca mede o tempo que passa dentro de nós, a verdadeira duração de vida, e por causa disso muitos dias podem caber em poucas horas, e vice-versa, e muitos anos podem ser uma medida incerta da vida de um homem, aquele que morre com quarenta anos talvez tenha, na verdade, vivido muito mais do que aquele que morre aos noventa. Alguns segundos ou horas; o menino entrou no barco. Ele se agacha na proa, e então se ergue lentamente e tem algo grande nos braços, algo maior do que um bacalhau, ainda maior do que um bacalhau gigante, já que não é um bacalhau, mas um homem, o menino grita algo, e, por fim, a apatia desaparece nos outros. Árni entra a bordo com um movimento, Gvendur e Einar descem o cais, pegam Bárður e vão para a cabana. É quase como se o chão se dobrasse sob o peso, no entanto, está duro com o gelo, as pedras e com milhões de anos, mas um homem morto é muito mais pesado do que um vivo, as recordações cintilantes se tornaram metal escuro e pesado. Ninguém diz nada. Guðmundur e os seus homens permanecem imóveis. Tiraram os gorros de lã. Guðrún sai pela porta, olha e depois parece alguém que levou um soco com um punho duro. Andrea entrou na cabana, sobe correndo e desce de novo com aguardente, tira tudo da mesa de isca, eles entram, põem Bárður na mesa e as montanhas acima das cabanas gemem. Ele está deitado com os olhos abertos, olha para cima, gelado, e ainda assim não quer aguardente, não quer nada porque já não é nada. Exceto incerteza. O frio alcançou o seu coração, entrou nele, e então tudo o que fazia dele o que ele era desapareceu. O corpo que era forte, robusto e invencível na sua juventude está agora frio como gelo e, para dizer a verdade, constitui um problema. Agora, é necessário levá-lo embora, para sua casa, se de fato os mortos, seus corpos, têm algum tipo de casa. A morte muda tudo. O egoísmo era algo que ninguém poderia apontar em Bárður enquanto vivia com aqueles olhos castanhos, mas agora o seu corpo jaz numa mesa de isca e espera que cuidem dele, espera ser levado para aqui ou acolá e, além disso, parece culpar os seus antigos companheiros e Andrea por estarem vivos.

Comem em silêncio no sótão. Quase inquietamente. Como se cometessem um crime, e comem menos do que o tamanho dos estômagos exige.

O menino não toca na marmita, não olha para o café, senta na cama, na sua e de Bárður, uma cama estreita que se tornou desconfortavelmente larga e comprida em excesso, senta aí sozinho com o seu impermeável e o livro. Então, Andrea senta ao seu lado. Limita-se a sentar e a olhar. Os outros quatro terminam o seu pão, terminam o café, até Einar tenta fazer o menor barulho possível ao sorver e não reclama, embora seu maxilar inferior doa terrivelmente por causa do golpe. Gvendur tem pouco apetite pelo seu pão, força descer metade, depois põe o resto de lado como se estivesse sujo. Pétur levanta, os outros três também levantam imediatamente e descem, Einar pega a fatia de pão de Gvendur ao descer. Pétur para, olha para o menino e quer dizer algo, algo sobre Bárður, algo bom sobre Bárður, e então pedir ao menino desça, pedir, não mandar, mas precisam cuidar da pesca, decapitar, eviscerar, abrir, espalmar, salgar, e o menino tem aí a sua própria função, ele decapita e eviscera, arranca os fígados e os coloca em barris, o trabalho é bom, cura todas as doenças. Mas Pétur não chega a dizer isso sobre o trabalho, que ele ajuda, que não somos nada sem ele, porque Andrea olha para ele, e o seu olhar diz deixa estar, e desce. E Pétur desce, com um inesperado nó na garganta. Estou perdendo Andrea, ele pensa, não, não pensa, sente, experimenta, porque entre as pessoas existem fios invisíveis e sentimos quando eles se partem. Eles saem para tratar da pesca. A pesca de todos exceto a de Einar, a sua linha está no mar, seus peixes pendurados em anzóis vários metros abaixo da tempestade e sem se lembrarem de outra vida. Einar está descontente, é injusto que não receba nada enquanto os outros recebem o seu, até Bárður, que já não precisa dele, peixe morto para um homem morto. Eles saem, passam na mesa de isca e pelo corpo que outrora respondeu ao nome Bárður.

Entre aqueles que vão cumprir o seu dever, executar o seu trabalho, para garantir o seu sustento, e aqueles que se sentam no sótão está um morto, morto de frio, seus olhos estão abertos mas perderam a cor e olham para o vazio. Um cadáver é inútil, podemos perfeitamente jogá-lo no lixo.

O menino desviou o olhar, o alçapão está aberto, se abre para a morte embaixo. O Inferno é uma pessoa morta. Ele desloca a mão direita para um dos lados, toca no livro que fez com que Bárður se esquecesse do impermeável. É perigoso ler poemas. O livro foi impresso em Copenhague em 1828, um poema épico que o reverendo Jón traduziu, reescreveu, ao qual dedicou quinze anos da sua vida, um épico composto na Inglaterra por um poeta cego, composto para se aproximar de Deus, que é, contudo, como o céu, o arco-íris e o cerne, nos evita mesmo quando o procuramos.

*Paraíso perdido.*
É uma perda de Paraíso morrer?
Andrea pensa no cheiro do corpo de Bárður. Aquela pene-

trante mistura de calor com odor. Leva a mão para trás, mexe-a cuidadosamente, e a palma acaricia o local onde a cabeça de Bárður repousara durante a noite. O menino apenas senta apaticamente. Houve outrora uma mulher que escreveu uma carta sobre a lua, houve outrora uma menina que tinha orgulho de ter irmãos mais velhos, houve outrora um homem a quem era possível dizer tudo e que dizia tudo, e agora estavam todos mortos, exceto a lua, e essa é apenas uma manchinha no espaço, um conjunto de rochas mortas e de meteoritos que se despedaçaram na sua superfície.

Será possível que os sentimentos de uma mulher sejam mais elevados e assim se situem mais próximos da pele do que os de um homem? Isso porque a mulher é capaz de gerar a vida e é de algum modo mais sensível a isso, e mais sensível à dor que só é calculada em lágrimas, arrependimento e mágoa?

Andrea tira a mão da beira da cama onde a cabeça de Bárður esteve pousada e coloca-a no ombro direito do menino. Faz isso sem pensar. É um gesto que vem de dentro, a compaixão e a dor se unem numa mão, e, pouco depois, o menino chora. As lágrimas correm em torrente quando as palavras são pedras inúteis. Está deitado como uma concha, meio na cama, meio no seu colo, que em breve ficará úmido com lágrimas. As lágrimas aliviam a dor e são boas, mas, ainda assim, não são o suficiente. Não é possível unir as lágrimas e depois deixá-las afundarem como uma corda brilhante na profundeza escura e puxar para fora aqueles que morreram mas que deveriam viver.


O menino não precisa de muito tempo para reunir as coisas que levará com ele. Andrea o ajuda, oferece-lhe algo para comer, guarda nacos de carne salgada, os últimos pedaços, deveria usá-los na sopa no próximo domingo, eles sobreviverão sem a carne, ela pensa, e rapidamente sente uma fúria intensa em relação aos que estão lá fora e que começaram a cuidar do peixe, quase sente ódio por estarem vivos, os quatro. Seu avental, ainda escuro com as lágrimas, talvez a mancha nunca desapareça, esperemos que não, ela pensa. Eles embrulham o *Paraíso perdido* cuidadosamente, esse livro deverá ser levado, e depois pão e geleia suficientes, uma porção de cubos de açúcar. Primeiro, contudo, o menino abre o livro e o seu rosto se contorce quando vê a carta para Sigríður. "Nada é para mim doce sem ti." Palavras para aquela que respira atrás das montanhas e dos pântanos, e ainda não sabe que as possibilidades da vida diminuíram significativamente, aquela que se surpreende sempre que vê alguém se aproximar da chácara e que espera que seja o carteiro da estação de pesca com uma carta para ela, uma palavra para encurtar a distância, palavras que aliviam o arrependimento, que o aumentam ao mesmo tempo e o alimentam. A próxima carta que receberá será ousada, palavras apaixonadas de um morto. O menino dá a Andrea a carta e diz, fique atenta para que ela siga com ele, e Andrea diz, pobre mulher, e é também isso que dizemos, porque o frio e o poema lhe tiraram a coisa mais preciosa.

Então, o menino está pronto para ir.

É claro que vai, dissera Andrea, porque ele não poderia pensar em voltar a deitar e a dormir na cama sem Bárður lá, em sentar no banquinho sem Bárður. Bárður desapareceu e um corpo gelado é tudo o que sobra dele. Seria uma traição, dissera o menino, não suportaria isso.

Duas explicações, duas desculpas, tudo tem pelo menos dois lados.

Apressam-se porque Pétur não verá aquilo com bons olhos, um homem não abandona a sua tripulação, isso é simplesmente absurdo, eu cuido de Pétur, diz Andrea, para você basta ir, este não é o seu lugar, e o menino vai para onde ele e Bárður tinham ido na primavera, aqui para a aldeia, o centro, o cerne do mundo.

Tenha cuidado naquela maldita Intransponível, as ondas estão sem dúvida rebentando bem acima dela, diz Andrea, e o menino diz, sim, terei cuidado, mas não diz que pensa seguir uma rota diferente, pelo vale que serpenteia as montanhas, ele vai subir ao pântano e depois ao planalto, quer se afastar do mar o máximo possível, mesmo que seja apenas por uma ou duas noites, é um percurso longo e perigoso com um tempo daqueles, naquela época do ano, mas o que isso importa já que a maioria deles está morta, quem se importa se estou vivo, pensa o menino, mas não diz nada, promete ter cuidado com as ondas, Andrea nunca o deixaria ir embora se soubesse a rota que ele planejava seguir. E depois?, pergunta ela. Devolverei o livro, diz ele simplesmente. Ela afaga seu rosto com as duas mãos, dá um beijo na sua testa, beija também as sobrancelhas, não se esqueça de mim, menino, ela diz, nunca, ele diz, e desaparece entre a neve que cai.

# 6

Aqueles que vivem neste vale veem apenas um pedaço do céu. O seu horizonte é constituído por montanhas e sonhos.

O menino conhece esse vale e sabe que todos aqueles que passam por ele e que depois seguem o seu caminho ao longo de uma trilha entre as encostas das montanhas cortadas por barrancos e atravessam dois planaltos descem para o vale a que Bárður chamara de sua região e para uma chácara no vale a que chamara de sua casa. O menino não vai para casa, como é possível ir para um lugar que não existe, nem sequer na nossa cabeça? Ele não diz que o vale é a sua região, embora tivesse dormido e acordado ali durante a maior parte da sua vida, nem chama nenhuma chácara de casa. Alguns precisam viver muito tempo para ter um local que liberte estas grandes palavras, *em casa*, das correntes da linguagem, e cada vez mais pessoas morrem sem tê-lo encontrado. Ele pretende nunca mais voltar à região que contém a melhor parte da sua juventude, os sonhos que nunca se tornaram realidade e o arrependimento pela vida que nunca chegou a viver, que contém as pessoas com quem vivera desde que o seu pai se afogara e se apoderara da sua sepultura escura no mar, as pessoas com quem crescera, de quem se deitara separado e por entre as quais acordara, não pessoas ruins, não, não, mas nunca se livrara da sensação de que a chácara e o vale pouco mais eram do que locais de parada para pernoitar. Uma pessoa precisa de um local onde se sentar por um momento, descansar enquanto o corpo cresce e a mente se expande o suficiente para lidar com o mundo sozinha. Fora isso, é uma região bonita, estranhamente cheia de relva e espaçosa, de várias chácaras vai uma extensão considerável até o mar e desde os degraus de algumas delas nem sequer se pode vislumbrá-lo, o que é incomum aqui, como é possível viver sem ter o mar diante dos olhos? O mar é a fonte da vida, nele habita o ritmo da morte, e agora o menino se afasta disso, tão longe quanto consegue, ainda que só por uma ou duas noites, foi apenas tão longe que já não sente o mar.

Ele percorre o vale e Bárður está morto.

Leu um poema e morreu de frio por causa disso.

Alguns poemas nos levam a lugares que nenhuma palavra alcança, nenhum pensamento, nos levam ao próprio cerne, a vida para por um instante e se torna bonita, se torna límpida com arrependimento e felicidade. Alguns poemas mudam o dia, a noite, a vida. Alguns poemas fazem esquecer, esquecer a tristeza, o desespero, esquecer o impermeável, o frio chega, diz, peguei você, e se morre. Aquele que morre é imediatamente transformado no passado. Não faz diferença o quão importante é uma pessoa, quanta gentileza e força de vontade essa pessoa tinha ou quão inconcebível era a vida sem ela: a morte diz, peguei você, a vida desaparece num segundo e a pessoa é transformada no passado. Tudo aquilo que se relaciona com essa pessoa vira uma recordação que lutamos para conservar, e é traição esquecer isso. Esquecer como ela bebia café. Esquecer como ria. Como olhava para cima. Mas, ainda assim, se esquece. A vida exige que se faça

isso. Esquece-se lenta mas inexoravelmente, e pode ser tão doloroso a ponto de perfurar o coração.
É um esforço caminhar entre a neve.
O menino caminha sempre em frente, ele pensa que faz assim.
Caminha e caminha e caminha, a nevasca é intensa e rodopiante, a visibilidade é de apenas alguns metros, ele para uma vez para comer, depois volta a caminhar, e começa a escurecer, ele vê e sente como a luz do dia desaparece entre os flocos de neve, como o vento escurece. A única coisa sensata a fazer seria encontrar uma chácara e pedir abrigo, mas ele continua em frente, não se preocupa minimamente com a sensatez, se preocupa apenas com o fato de sobreviver à noite ou não. No entanto, carrega o livro nas costas, *Paraíso perdido*, e é preciso devolver os livros que se tomam emprestados. É provavelmente esse o motivo por que Andrea mandou que ele levasse o livro, ela o conhece e conhece esse seu amor especial por livros. O menino sente de repente um calor por dentro quando pensa em Andrea, mas o calor esfria rapidamente porque Barður morreu de frio, e logo ao seu lado. Também está escuro, por causa da noite, da intensa queda de neve e da ventania.
Na verdade, a visibilidade não diminui significativamente com o progresso da noitinha, mas a escuridão é sempre a escuridão, e a noitinha é sempre a noitinha. E a noitinha se torna noite cerrada que assenta nos olhos, abre caminho até a córnea, enche o nervo óptico; esse menino que caminha é lenta mas inexoravelmente preenchido com noite. Ele quer acima de tudo deitar, bem onde está, se ver livre do seu fardo, deitar de costas com os olhos abertos, o mundo escurece à exceção dos flocos de neve que lhe estão mais próximos, são brancos, têm a forma de asas de anjos. A neve iria cobri-lo, ele morreria na brancura. É muito tentador, diz o menino para si mesmo, em voz alta ou em

silêncio, há muito que já parou de distinguir; quem caminha sozinho e por muito tempo entre neve que cai incessantemente sente aos poucos que abandonou o mundo, que caminha numa terra de ninguém, a certeza da vida abandona-o. Então, para de nevar. Parece incrível, mas acaba sempre por parar de nevar, e ele está provavelmente em frente a uma chácara, a tempestade e a noite tinham cortado por completo todos os laços humanos. Muito tentador, diz o menino para si mesmo, parar esta caminhada cansativa, deitar, dormir, sim, e depois morrer. É claro que seria bom morrer, sem mais problemas, vencer a dor, vencer o arrependimento. Também há pouca distância entre a vida e a morte, na verdade apenas uma peça de roupa, um impermeável.

Primeiro, há vida, depois, há morte: eu vivo, ela vive, eles vivem, ele morre.

Mas se eu morrer aqui o livro que supostamente devo devolver se estragará e eu desiludiria algumas pessoas, o velho capitão, com quem, aliás, não poderia me importar menos, Andrea e Bárður. Bárður obviamente está morto, mas não a sua presença: nunca foi tão forte. Sim, primeiro devolvo o livro, depois posso ir para o meio do mato e a neve pode me cobrir, pensa o menino, mas ele sabe que precisará escolher cuidadosamente o lugar onde fazer isso. É fácil se deixar cobrir com neve, fácil morrer, mas não esqueçamos que a noite e a neve enganam, o menino julga que se deita longe de habitações humanas, no meio do nada, mas talvez seja uma encosta acima de uma pequena fazenda, a neve derrete alguns dias ou semanas depois, ele aparece morto por baixo dela, e uma menina ou menino se depara com o cadáver decomposto pelo tempo e pelos insetos, os olhos arrancados pelos corvos, buracos vazios e escuros, e ele ou ela nunca superará ter visto tal coisa. Morrer tem as suas responsabilidades. Droga, então continuarei, pensa o menino, desiludido, ou diz em voz alta, e prossegue, se arrasta pela neve, sente com os pés se a terra sobe ou desce, dá meia-volta na encosta e tenta a partir de então se manter mais ou menos no meio do vale. A noite se torna, porém, pesada e a neve cada vez mais difícil de atravessar, até que ele não sabe mais se está subindo ou descendo, mas continua caminhando para o sul, isso é algo que sente pelo vento que pressiona continuamente as suas costas, contudo, a dada altura, precisa virar para leste para subir ao pântano e depois ao planalto. Isso é muito difícil. Seus pés começaram a doer com o cansaço, é melhor descansar. O menino tateia o caminho em frente, procurando uma fenda ou rochedo suficientemente grandes onde se abrigar do vento norte, que é frio e que não teria problemas em transformá-lo em gelo. Encontra abrigo, começa a amontoar a neve à sua volta, continua até fazer uma espécie de parede e telhado parcial, na verdade é mais um buraco na neve do que uma casa, mas ele já não está sob o vento e a neve, e está muito cansado. Sente-se terrivelmente cansado. O cansaço preenche todas as suas células, todos os pensamentos. Provavelmente já se passaram vinte e quatro horas desde que abriu os olhos, desde que acordou com a voz de Pétur e no mundo em que Bárður estava vivo, há quantos anos foi isso na verdade, ele pensa, e o vento sopra lá fora. O rosto do menino está rígido com o frio, o gelo que lhe cobre a camisa começa a quebrar, ele está ensopado e tem o rosto molhado, é difícil dizer se chora enquanto dorme ou se está acordado, nem sempre há abrigo nos sonhos, por vezes não há nenhum. Mas tenha cuidado, menino, não durma por muito tempo nem muito profundamente, porque aquele que dorme profundamente num buraco desses na neve, com um tempo tão obscuro, nunca volta a acordar nesta vida. Então, a primavera chega, e uma menina vai apanhar flores acima da sua chácara, mas encontra você e você não é nenhuma flor, é apenas um cadáver em decomposição e a fonte dos pesadelos.

O INFERNO É NÃO SABER SE
SE ESTÁ VIVO OU MORTO

*O Inferno é não saber se se está vivo ou morto.*
*Eu vivo, ela vive, eles vivem, ele morre.*
*Essa conjugação tosca nos atingiu como um cassetete na cabeça, porque a história sobre o menino, a neve, as cabanas quase nos fizeram esquecer da nossa própria morte. Já não estamos vivos: o Inominável está entre nós e vocês. A região que ninguém atravessou de outro modo a não ser o de perder a sua vida, e provavelmente não há maior perda. Existem, ainda assim, como sabem, inúmeras histórias sobre os mortos atravessarem o Indefinível e se manifestarem entre os vivos, mas parecem nunca ter trazido mensagens importantes, nunca ter contado grandes notícias da vida eterna, e como é que isso pode ser?*

*Morrer é o puro movimento branco, diz um poema.*

*Há que admitir que tememos a morte até o último momento da vida e lutamos contra ela o máximo que pudemos, até chegar algo que extinga as luzes, mas misturada com o medo estava a curiosidade, uma interrogação hesitante e receosa, porque então todas as questões seriam respondidas. Então, morremos e nada aconteceu. Nossos olhos se fecharam para se abrir novamente, precisamente no mesmo lugar, vimos tudo, mas ninguém nos viu, estávamos em corpos e ainda assim sem corpo, tínhamos vozes e ainda assim não conseguíamos falar. Passaram-se semanas, meses, anos, e aqueles que continuaram a viver se afastaram de nós e depois morreram, não sabemos para onde foram. Dez anos, vinte anos, trinta anos, quarenta, cinquenta, sessenta, setenta, quanto temos de contar, que número é possível atingir? Aqui estamos nós, acima da Terra, inquietos, aterrorizados e amargurados, enquanto os nossos ossos estão provavelmente descansados debaixo da terra, com os nossos nomes em cruzes acima deles. O tédio pode ser total, mesmo universal, e há muito teríamos perdido a cabeça se ao menos isso tivesse sido possível. A única coisa que podemos fazer, além de continuar com vocês e outros que vivem, é perguntar constantemente, por que estamos aqui? Para onde foram os outros? O que pode aliviar a picada? Onde está Deus? Perguntamos uma e outra vez, mas parece que não há respostas, provavelmente só os padres, os políticos e os publicitários as têm prontas.*

*Por vezes, há tanta tranquilidade aqui que o bater do nosso coração é a única coisa que se consegue ouvir, o que é simplesmente deplorável; morremos, fechamos os nossos olhos e desaparecemos para tudo o que importa, depois voltamos a abrir os olhos e o coração ainda palpita, o único órgão que conhece o seu trabalho. Objetivo, é esse o céu azul que nunca tocamos? Vagueamos por aqui e há algo invisível entre nós e vocês, os vivos, atravessamos paredes, tanto de ferro como velhas paredes de madeira, sentamo-nos em salas e olhamos com vocês para a televisão, olhamos sobre os seus ombros quando leem os jornais, quando leem um livro. Passamos noites inteiras sentados no cemitério com as costas apoiadas nas lápides, com as pernas levantadas até o peito e as mãos em volta dos joelhos, como Bárður quando sentiu o frio se aproximar do seu coração. Por vezes, um som débil surge na calada da noite, notas simples e interrompidas que parecem provir de muito longe. Isto é Deus, dizemos então com esperança, é este o som que se ouve quando Deus vem e leva consigo aqueles que esperaram o suficiente e nunca duvidaram. É isto o que dizemos e somos otimistas, ainda não completamente desiludidos. Mas talvez não seja Deus, talvez seja simplesmente alguém deitado no chão com uma caixinha de música, que dá corda quando está triste.*

*O Inferno é estar morto e perceber que não nos importamos com a vida enquanto tivemos essa oportunidade. Uma pessoa é uma criação notável, tanto viva quanto morta, por sinal. Quando se depara com problemas, se a sua existência é cortada em duas metades, começa involuntariamente a rever a sua vida, procura as suas recordações como um animalzinho que procura abrigo no seu buraco. E é assim que é conosco. Constitui algum alívio seguir em frente com a vida, um conforto que, no entanto, se torna amargo quando se trata mal a vida, se faz algo que nos atormentará eternamente, mas é acima de tudo às nossas próprias recordações que tentamos chegar, são elas o fio que nos une à vida. Recordações dos dias em que tão verdadeiramente vivemos, quando nevava e chovia sobre a nossa vida e as horas eram aquecidas com o sol, escurecidas com a noite.*

*Mas por que contar a vocês essas histórias?*

*Que poderes terríveis, que não o desespero, nos fazem atravessar o Inominável de modo a contar a vocês histórias de vidas extintas?*

*As nossas palavras são equipes de salvamento confusas com mapas obsoletos e cantos de passarinhos em vez de bússolas. Confusas e verdadeiramente perdidas, sua função é, contudo, a de salvar o mundo, salvar vidas extintas, salvar vocês e então, esperemos, também nos salvar. Mas deixemos de lado mais reflexões e questões complicadas e regressaremos uma vez mais à noite e à tempestade, encontraremos o menino e tentaremos salvá-lo a tempo do sono e da morte.*

# O MENINO, A ALDEIA
E A TRINDADE PROFANA

# 1

O menino não adormeceu no buraco na neve. No entanto, o sono se ofereceu para tomá-lo nos seus braços macios, para lhe aliviar o cansaço, que era tal que cada uma das suas pálpebras pesava pelo menos meio quilo, dormir era na verdade uma oferta que ele não poderia recusar, mas despertou da sua sonolência, tentou se manter acordado ao pensar em Bárður, porque a dor privou muitos do sono. Pensou também em Andrea, que o tinha deixado partir com aquela tempestade de neve, ou, ainda, tinha deixado que ele se metesse nela. Se adormecesse ali naquele buraco, se cedesse à relaxante voz do sono, não voltaria a acordar, pelo menos não nesta vida.

Foi então a consciência que manteve o sono e a morte afastados do menino. Ele precisava devolver um livro, não poderia desiludir Andrea, não poderia desiludir Bárður, a sua memória, não poderia desiludir sua mãe e sua irmã que nunca chegara a crescer e que morrera antes de a admiração infantil, que sentia pelos seus irmãos atrás da montanha, ter se desvanecido; adormecer ali seria desiludir a todos, e, assim, conseguiu sair do buraco.

Ergueu-se rapidamente e ficou mais uma vez no meio da neve que caía com intensidade, na noite e no mundo endurecido pelo frio. Ele inspirou para readquirir o fôlego por causa da tempestade e partiu.

Ele sobe a partir do vale. Sobe ao pântano e ao planalto em que o primeiro termina, lamacento e praticamente plano: o glaciar saiu do topo da montanha há séculos. O menino tem o vento ártico sobretudo pelas suas costas e a noite rodeia-o, está dentro da nevasca, dentro dos flocos de neve brancos. O menino nunca tinha subido tão alto antes, nunca tinha se aproximado tanto do céu e, ao mesmo tempo, nunca esteve tão afastado dele. Continua em frente, abandonado por todos exceto Deus, e não há nenhum Deus. Está tão frio. Sua cabeça está gelada e seu cérebro se transformou numa tundra estendida, congelada e com terra dura até onde a vista alcança, completamente desprovida de vida à superfície, mas por baixo da qual estão escondidos brasas fracas, lembranças, rostos, frases, "nada é para mim doce sem ti". Essas brasas poderiam por fim derreter o gelo, chamar os pássaros, despertar a fragrância das flores que desabrocham. Mas ali em cima, no planalto, nada cheira bem, há apenas o gelo e a noite, ele continua caminhando, o tempo passa, chega a manhã. E a manhã também passa. Ele já não tem um único pensamento, seus pés continuam andando como uma máquina, o que é muito bom, mas ele precisa ser cuidadoso porque tudo termina, até os planaltos, e em certos lugares terminam bruscamente, deixam simplesmente de existir, e a queda estonteante começa.

É, na verdade, fantástico que não tenha caminhado até a beira e caído para a sua morte. Apático como estava, gélido com o frio, cansado, dormente com a dor. Mas ele talvez sinta uma ligeira mudança no ar, alguns conseguem sentir quando o chão termina e o céu começa. Ele hesita, caminha com cautela, tateia o seu caminho, muito tempo se passa, finalmente encontra um caminho transponível. Com certeza não o melhor, arranha a pele em rochas, cai, se machuca, mas está vivo e raramente é possível pedir mais. Precisa descer até o vale, Tungudalur. Aonde vamos nos verões quando o sol está quente no céu, a relva está verde e coisas como flores existem, até vamos em grandes grupos com almoços de piquenique, sorrisos e felicidade, chamamos isso de uma excursão à floresta, uma vez que há uma extensão razoável de árvores em Tungudalur, um conjunto de bétulas retorcidas. Os ramos mais fortes aguentam facilmente pássaros, mas não pessoas, o menino se encosta por um momento a uma árvore, deixou o planalto para trás, tomou o dia e a noite, o sono e a morte. Ele desce o vale e se dirige a nós, em direção à aldeia, e é o primeiro dia de abril.

As palavras variam.

Algumas são claras, outras, escuras; abril, por exemplo, é uma palavra clara. Os dias crescem, a sua claridade entra como uma lança na escuridão. Uma manhã, acordamos e a tarambola chegou, o sol se aproximou, a relva surgiu por debaixo da neve e ficou verde, os barcos de pesca são lançados depois de terem dormido durante o longo inverno e sonhado com o mar. A palavra abril é composta de luz, canções de pássaros e antecipações ansiosas. Abril é o mês mais esperançoso.

Contudo, Deus nos ajude, quão incrivelmente afastado parece ainda o verdor quando o menino desce ao Tungudalur, sua comida embrulhada há muito desaparecida e com a extensa tundra na sua cabeça, extremidades congeladas, e um fardo horrivelmente pesado às costas, um livro que matou o seu melhor, não, o seu único amigo. Foi há tão pouco tempo que saíram juntos da aldeia, lado a lado, o menino geme um pouco ao caminhar, embora mal tenha forças para isso, é de tarde e a neve parou de cair do céu. O menino caminha ao longo da praia sempre que possível, e em caso contrário na zona pantanosa que fica entre as montanhas e a praia, várias dezenas de metros de largura na melhor das hipóteses. Ele para num riacho e olha para o grande tubo de ferro que Fríðrik, o gerente da loja de Tryggvi, a maior loja da aldeia, lá instalou; um comprido tubo e um tripé grande, meio enterrado no chão, sob uma das suas pontas, a água corre pura e límpida aí e nunca congela. Os homens de Fríðrik atravessam diariamente a lagoa para ir buscar água para a loja e para os barcos quando estão prontos para partir. É claro que a aldeia não tem falta de poços, mas a sua água não é particularmente boa, misturada com água do mar e por vezes dejetos, algumas pessoas acham engraçado atirar lixo nos poços e até mijar neles, algumas pessoas são tão estranhas que parecem ter sido mordidas na bunda pelo diabo. O menino engole água gelada. Olha para a lagoa e para as antigas estações comerciais dinamarquesas na Ponta, os prédios mais antigos da aldeia, do início do século XVIII. Dois armazéns, agora usados para o mesmo objetivo pela loja de Tryggvi, e a casa do feitor, que tem sido usada nos últimos anos como residência do ajudante principal da loja. A casa é muito assombrada; o ajudante e a sua esposa são os únicos que lá ficaram por mais de um ano, alguns dizem que é apenas porque falta imaginação ao casal para sentir a assombração. O menino semicerra os olhos para ver melhor os prédios, eles são escuros, é como se o ar tivesse se enevoado, está suficientemente claro, mas é difícil ver os detalhes ao longe. Ele volta a caminhar. A água lhe fez bem, deu a força necessária para que ele mexesse os pés, e também é bom não precisar andar na neve, a praia está vazia e é fácil de atravessar, não está coberta com grandes pedras nem é irregular como em volta da estação de pesca, onde a sua forma é alterada pela insistência do oceano. Então, ele lembra que foi há apenas quarenta e oito horas que se sentaram juntos na cama, lendo e esperando por Árni. Ele está tão dominado que sobe a encosta da montanha, senta entre dois grandes rochedos e olha com olhos vazios, enquanto o ar da tarde se torna mais pesado e à sua volta se faz noite.

Por que continuar?

E o que ele faz aqui?

Não deveria ter ficado na cabana de pesca, para manter um olho no cadáver e depois levá-lo à sua casa, para que serviam os amigos, e não deveria a amizade se sobrepor à sepultura e à morte? Suspira porque traiu tudo. Fica lá sentado durante muito tempo e começa a nevar mais uma vez. Nevaria sobre o vale onde muitas pessoas pensam em Bárður, ou está a lua no céu, escondida atrás das nuvens, e os familiares de Bárður saíram para observá-la? Bárður saía sempre às oito horas para olhar a lua, e, ao mesmo tempo, ela ficava lá fora e também a observava, havia montanhas e longas distâncias entre eles, mas os seus olhos se encontravam na lua, precisamente como os olhos dos amantes fazem desde o início dos tempos, e é por isso que a Lua foi colocada no céu.

O menino voltou a caminhar. Caminha ao longo da praia até chegar à igreja, onde tem de dar meia-volta e mais uma vez caminhar pela neve. Ele se encosta por um momento ao muro do cemitério e olha para a neve que esconde a aldeia, capta um débil vislumbre das casas junto à igreja, luzes fracas numa ou duas janelas, tendo talvez muitas pessoas ido para a cama, mas sem dormirem tão profundamente como aquelas atrás dele. Ainda consegue distinguir o caminho do pastor, o reverendo Þorvaldur, desde a igreja pela sua rua abaixo. O menino percorre o caminho, deixa o percurso mais fácil, mas não muito. A rua onde está localizado o café está coberta com neve, e o rastro de Þorvaldur serpenteia aí e desaparece. O menino fica no meio da rua, a neve cai em cima dele, seu pé esquerdo pesa cem quilos, seu pé direito, trezentos, e há demasiada neve entre ele e o café. Poderia simplesmente ficar naquele mesmo lugar até de manhã, na esperança de que Lúlli e Oddur surgissem para abrir caminho com suas pás, mas não é isso que ele faz, não sabe que Lúlli e Oddur existem, e ainda menos que no inverno trabalham limpando as ruas da aldeia com pás, tão sortudos por terem empregos permanentes de setembro a maio, malditos cães, por que é que alguns têm tanta sorte e outros não têm nenhuma? Há oito casas na rua, todas imponentes. O menino vagueia entre rajadas de vento com neve e se aproxima das casas e do café de Geirþrúður. A vida que viveu até agora é passado, à sua frente está a completa incerteza, e a única coisa certa é que pretende devolver o livro e anunciar a morte de Bárður, anunciar que a única coisa que importava desapareceu e nunca mais voltará. Então por que continuar vivendo, por quê, ele murmura aos flocos de neve, que não respondem, são apenas brancos e caem silenciosamente no chão. Agora, entrarei e devolverei o livro, obrigado pelo empréstimo, é uma escrita maravilhosa, "nada é para mim doce sem ti", matou o meu melhor amigo, a única coisa boa que era possível encontrar nesta maldita vida, ou seja, obrigado pelo empréstimo, e então ele iria se despedir ou não, esqueceria isso, daria meia-volta e tornaria a sair, lutaria para descer até o hotel, o Hotel Fim do Mundo, ficaria com um quarto no porão, pagaria depois ou, em outras palavras, nunca, porque amanhã ou amanhã à noite vai se suicidar. Isso surge a ele subitamente, a solução aparece, assim mesmo. Suicidar-se, então toda a incerteza ficará para trás. Pensou em agradecer a Deus, mas algo o impediu. Bárður tinha comentado sobre o penhasco do suicídio: iria até lá, de forma tão leve quanto o ar, o mar cuidaria do resto, sabe como afogar as pessoas, está bastante treinado, o menino iria sem demora se não estivesse tão cansado e tão horrivelmente esfomeado, e também precisa devolver um livro. Ele se arrasta nos últimos metros de neve, lentamente, com dificuldade.

Ninguém anda na rua em toda a aldeia, exceto esse menino, que está cansado e esfomeado demais para morrer.

# 2

Quantos anos cabem num dia, um dia e uma noite? É um homem de meia-idade, não um menino de dezenove anos, quem abre a porta exterior do café de Geirþrúður mais de quarenta e oito horas depois de ter saído pela mesma porta pela primeira vez com o seu amigo Bárður; o menino tem tantas saudades dele que precisa descansar a cabeça por muito tempo na parede no interior da entrada, ou o que quer que seja que devemos chamar a esse pequeno espaço onde Jens, o carteiro inter-regional, guarda normalmente as suas caixas e sacos até o dr. Sigurður ir buscá-los, ou mandar alguém para ir buscá-los, enquanto Jens se esquece dos problemas da vida ao beber cerveja. O menino olha para a parede com olhos arregalados durante muito tempo, depois olha para baixo, para vários pares de sapatos feitos com pele de peixe-lobo. Espera-se que os convidados que ali entrem retirem suas botas, se estiverem cheias de sujeira e lama, e que coloquem aqueles sapatos de pele. Muitas pessoas veem aquilo como um luxo desnecessário, sem dúvida extremo, e algumas resistem teimosamente, mas têm de ceder se quiserem ser servidas, e quem não se descalça diante da esperança de uma cerveja? Não vou tirar nada, diz o menino para si mesmo de maneira calma, mas, por outro lado, ele precisa abrir outra porta para entrar lá dentro, a porta interna abre direto para o café, assegurando que o frio do exterior não siga os clientes de forma indesejada, a vida é uma luta para manter o frio longe. Trinta anos, murmura o menino, trinta anos desde que estive aqui com Bárður. Ele olha para a porta, então é assim que é, e é assim que a maçaneta é, incrível, pensa ele, mas então tudo se torna difuso, surgem nos cantos dos olhos lágrimas que lhe turvam a visão. O menino não chora há muito tempo, várias lágrimas, vários barquinhos que lhe descem pelo seu rosto bem carregado de dor.

O menino inspira profundamente, abre a porta e se assusta com o som do sino acima dela.

Ele imediatamente vê três homens no canto mais afastado, é claro que os vê, não há outros ali, só aqueles homens e oito ou dez mesas vazias. Os homens olham para cima, todos olham para ele, e então ele acha aquilo insuportável e se menospreza: sua timidez varre sua dor e seu luto, priva-o de pensamento, torna-se nada mais do que nervosismo, incerteza, e não faz ideia do que deveria fazer. A única coisa que vem à sua mente é sentar, coisa que faz, senta à mesa tão longe quanto possível dos homens, vira de lado para eles e senta com as costas direitas, branco como a neve. Está uma luz difusa no interior, duas lâmpadas de querosene brilham nas paredes e uma vela na mesa dos três homens, uma lâmpada pesada pende do centro da divisão. Ficara encantado com ele na visita anterior, mas agora limita-se a olhar para o vazio e então a neve começa a derreter de cima dele. Ele olha para fora da janela como se tivesse caminhado durante trinta e seis horas sob uma tempestade e na escuridão com o único objetivo de se sentar e de olhar pela janela. Fosse esse o caso e teria com que se entreter durante várias horas, há seis janelas no café e todas elas refletem opacamente a luz no interior, espelhos opacos. O menino vê pouco da noite que enche o mundo lá fora, mais do idiota sentado ali sozinho na sua mesa, com neve derretendo em cima dele. Sou tão insignificante que muito provavelmente me derreterei com a neve, me transformarei numa poça que seca, me transformarei numa mancha escura que depois desaparece. Olha para si mesmo na janela com desprezo, se castiga ao olhar, mas, por fim, olha para baixo para o tampo da mesa, então o tampo da mesa é assim, é possível passar facilmente o tempo olhando para o tampo de uma mesa, mas se se esforçar consegue vislumbrar os três homens, reconhece Kolbeinn e os seus olhos cegos, rechonchudo como um peixe-lobo, Bárður dissera com um sorriso, mas ainda assim gostava muito dele. O menino acha muito improvável alguma vez vir a ser como Kolbeinn. Para começar, ele é malicioso com tudo, em seguida, é um cão imundo, e por último amanhã estarei morto. Mas ele tem muitos livros, livros sérios, não rimas e baladas, bíblias e cânticos e sermões e coisas assim, mas poesia, livros pedagógicos, por que um homem mau tem tantos livros, os livros deveriam tornar os homens bons, pensa o menino.

Ele é tão ingênuo.

Os homens começaram a falar uns com os outros, talvez para ridicularizá-lo, mas o menino não entende, infelizmente, uma única palavra do que dizem, é, na verdade, completamente incompreensível o ruído proveniente deles. No início, escuta surpreendido, mas, por fim, percebe que deve ser língua de bacalhau, é muito estranho que nunca a tenha ouvido antes. Ergue a cabeça devagar e lança um olhar, já não precisa rolar os olhos como se estivesse sendo estrangulado. Nunca viu os outros dois, ambos homens grandes e sem dúvida pescadores de um navio, pensa ele, caso contrário estariam numa estação de pesca, espero que o diabo os carregue esta noite e enfie varetas em brasa pelos seus cus acima. É um alívio pensar assim, um alívio ser mau, não se é tímido quando se é mau, ele já não é um desgraçado que derrete com a neve. Agora, está sentado e simplesmente olha para o vazio e não poderia se importar menos com nada nem com ninguém. Será que o seu dialeto se chama bacalhoês? Repara então que a neve derrete rapidamente e que se formou uma grande poça no chão. Caramba. Eu deveria ter me penteado na porta. Maldição. Essa tal dessa Helga não suporta pessoas que entram com sujeira e água. Eu não gostaria de confusão com ela!, dissera Bárður, que o diabo me carregue se às vezes eu não tenho nem um pouco de medo dela.

Se Bárður tinha medo dessa mulher, eu provavelmente ficarei aterrorizado, pensa o menino no seu lugar molhado.

Os homens dão risada bacalhoesmente, e é claro que dele. Deve ser útil aos pescadores entender bacalhoês, seria suficiente enfiar as cabeças no mar e gritar algo para os barcos se encherem. Como se diz morte em bacalhoês? Provavelmente omaúnu, e com um "o" maiúsculo: Omaúnu. Seus olhos doem de olhar de soslaio tão intensamente. Os outros dois são talvez velhos colegas de Kolbeinn e começaram a envelhecer como ele, um tem ombros largos, é careca e tem sobrancelhas assustadoramente compridas, o outro tem cabelo grisalho e curto e um nariz de batata incrivelmente grande, encheria a mão de um homem mediano, ambos têm barba comprida, barbas não aparadas que alcançam o peito, fazendo com que pareçam ainda maiores. Talvez devesse deixar a barba crescer, pensa o menino, bastaria um mês para tapar o rosto, mas então lembra que queria morrer no dia seguinte e desiste completamente da ideia de deixar a barba crescer. De repente, está de pé. Acontece quase sem perceber. Está entre as mesas, perplexo. Eles param de falar e olham para ele, exceto Kolbeinn, o cego, que lhe aponta o queixo e o ouvido esquerdo como se fosse um olho malformado. Garrafas de cerveja Carlsberg na mesa à frente deles, uma delas quase cheia. O rapaz dá três passos, pega uma garrafa, engole a cerveja e então vê Helga, que está em pé ao lado do balcão, olhando para ele. É incrível o homem grande em que de repente se transforma. O menino vira, abre a bolsa, retira o livro, desembrulha-o e ergue-o, agarra-se a ele como se fosse uma declaração, um símbolo, e diz a Kolbeinn, Bárður me pediu que lhe transmitisse a sua gratidão pelo empréstimo.

O velho peixe-lobo não reage. Não mais do que os outros três. Eles se limitam a olhar e parecem esperar que ele diga algo mais.

Mas há algum tipo de véu maldito sobre a cabeça do menino que faz com que não saiba ao certo quando ele está pensando ou quando está falando. Talvez não tenha dito nada precisamente agora, tenha apenas erguido o livro acima da cabeça e não tenha dito nada. Por causa disso, aclara forçadamente a garganta, inspira profundamente e usa toda a sua força para entregar esta mensagem:

BÁRÐUR ME PEDIU QUE LHE TRANSMITISSE A SUA GRATIDÃO PELO EMPRÉSTIMO.

ELE GOSTARIA DE VERDADE DE TER LIDO MAIS E DECORADO MAIS VERSOS, MAS, INFELIZMENTE, ELE JÁ NÃO PODE MAIS FAZER ISSO, PORQUE ELE ESQUECEU SEU IMPERMEÁVEL E MORREU DE FRIO, NÓS O COLOCAMOS NA MESA DE ISCA E ELE ESTAVA LÁ DEITADO QUANDO O VI PELA ÚLTIMA VEZ.

MUITO OBRIGADO.

Ele conclui bruscamente o seu discurso, pousa com cuidado o livro na mesa ao lado dos três homens, se curva para pegar suas luvas, enfia as mãos nelas, por que eu agradeci, ele pensa, sou sempre o mesmo idiota maldito, atira o saco sobre o ombro e vai até a porta mas não avança mais, sente um enorme peso no ombro esquerdo, uma mão ou o céu, ele cai, seus pés cedem, é simplesmente assim, já não estão por baixo dele, e ele cai no chão e aí fica estendido. A inconsciência chega e o recolhe.

# 3

Cerca de oitocentas pessoas vivem na aldeia.
Cabe muita coisa em oitocentas almas.
Muitos mundos, muitos sonhos. Uma enorme quantidade de acontecimentos, heroísmo e covardia, traição e devoção, bons e maus tempos. Alguns vivem de tal modo que se nota que a sua existência agita algo no ar, outros se seguram à vida durante muitos anos, até mesmo oitenta, mas nunca tocam em nada, o tempo passa por eles e então estão mortos, enterrados, esquecidos. Vivem durante oitenta anos, porém não vivem, se poderia então mencionar uma traição da vida, porque há outros que nascem e morrem antes de conseguirem dizer a sua primeira palavra, de sentir uma dor no estômago, uma gripe brava, Jón, o marceneiro, precisa fazer um caixãozinho, uma pequena caixa para ser colocada em volta de uma vida que nunca houve, exceto durante umas poucas noites insones, olhos irresistíveis, dedos dos pés tão pequenos que pareciam um milagre. Fez uma curta visita, como o orvalho. Desapareceu quando acordamos e a única coisa que podemos

fazer é esperar, bem lá no fundo, onde o coração bate e os sonhos habitam, que nenhuma vida seja desperdiçada, que não tenha objetivo.

Os números não têm imaginação e, portanto, não se pode fazer muito com eles. De acordo com os mapas, as montanhas aqui se erguem novecentos metros no céu, o que está completamente correto; em alguns dias, é isso que fazem, mas, uma manhã, quando acordamos e olhamos para fora, as montanhas aumentaram consideravelmente de altura e têm pelo menos três mil metros, arranham o céu e os nossos corações se encolhem. Nesses dias é difícil se curvar sobre peixe salgado na seca. As montanhas não fazem parte da paisagem, elas são a paisagem.

A ponta de areia onde a aldeia está localizada se estende como um braço dobrado para o interior do fiorde esguio e quase o atravessa. O mar no interior do braço da ponta é abrigado e congela rápido, muda para gelo suave, nós assobiamos à lua e saímos das nossas casas com esquis. Muitas vezes o tempo está aqui ameno porque estas montanhas param os ventos, mas não deveriam pensar que há uma calma eterna na nossa vila e que as penas perdidas por anjos que voam flutuam até nós, é claro que isso acontece, mas não se enganem, uma ventania pode certamente soprar por aqui! As montanhas aprofundam a calma e também aumentam os ventos, que podem entrar violentamente no fiorde, ventos árticos cheios de intenções assassinas, e tudo aquilo que não está bem preso é levado pelo vento e desaparece. Vigas, pás, carroças, telhas, telhados inteiros, botas direitas, ideais, expressões mornas de amor. O vento uiva por entre as montanhas, rasga o mar, o salitre assenta nas casas e os porões se inundam. Quando se torna calmo e podemos sair sem morrer, as ruas estão cheias de algas, como se o mar tivesse espirrado sobre nós.

Mas a calmaria sempre volta, as penas de anjo flutuam até aqui embaixo, ficamos na praia e escutamos ondas lentas e pequenas arrebentarem com o ruído baixo, a inquietude diminui, o sangue corre mais devagar, o mar se transforma numa cama tentadora onde ansiamos por nos deitar, certos de que o mar nos embalará até adormecermos, o ganso sobe e desce, chiando eternamente, e então não é tão doloroso pensar naqueles que o mar reuniu para ele mesmo.

# 4

O menino dorme profundamente, inconscientemente. Sonhos de vida e sonhos de morte.

Alguns dos mortos estão vivos num sonho e é por isso que acordar pode ser doloroso. Cochila na escuridão e demora muito para readquirir os sentidos, para distinguir a realidade e o sonho, a vida da morte, está deitado na cama e se remexe como um animal ferido, volta a adormecer, afunda como uma pedra num mar de sonhos.

É, por vezes, uma bênção dormir, estamos a salvo, o mundo não consegue nos alcançar. Sonhamos com doces e com o brilho do sol.

# 5

Geirþrúður não é daqui. Ninguém parece saber ao certo de onde veio, onde cresceu. Apareceu aqui um dia com o velho Guðjón, o rico Guðjón. Trinta ou trinta e cinco anos mais nova do que ele, com cabelo preto, alta, olhos escuros como carvão, algumas sardas no nariz dão a ela uma aparência de inocência, e foi, sem dúvida, por causa disso, sugeriam alguns, que o velho se apaixonou por ela, tão cansado da vida como estava, nunca se deveria confiar em sardas. Por outro lado, conhecemos bem Guðjón, ou conhecíamos, nascido e criado aqui, descendente de proprietários ricos, abriu uma companhia de pesca, comprou cotas na estação baleeira norueguesa no fiorde ao lado e fez tanto dinheiro que nem os grandes comerciantes, Léo e Tryggvi, o controlavam, mas ainda assim controlam tudo aquilo que lhes importa controlar, quais casas são construídas, quais estradas são feitas, quem tem direito a manutenção do distrito, quem vai para o Inferno e quem vai para o Paraíso. A riqueza de Guðjón não era obviamente tão magnífica quanto a deles, eles eram a Alemanha e a Grã-Bretanha, ele talvez a Suécia, nós mal somos um distrito eclesiástico na Islândia. Guðjón se casou muito jovem, isso é comum aqui. Casamo-nos jovens para que possamos nos deitar próximos uns dos outros quando a escuridão e o frio se apoderam do mundo. Sua mulher descendia de burgueses ricos, graciosa, com cabelo da cor de rato, propensa ao riso, e ele aquele corpo gigantesco, mais do que uma altura média, robusto, desde cedo se tornou mais gordo e bastante excitável, ele vai esmagar a moça, dissemos nós, mas ela não foi esmagada, Guðjón deve ter sido cuidadoso, tiveram três filhos, viveram juntos durante quase trinta anos e então ela morreu. Tinham um piano em casa, mobília pesada, um tapete, um retrato de Jón Sigurðsson, e o dr. Sigurður vivia lá perto, mas ela morreu mesmo assim. Guðjón nunca superou a sua morte, os alicerces da sua vida racharam, ele começou a beber excessivamente, e ele e o pastor fizeram várias coisas recrimináveis quando as noites eram longas, mas seus filhos foram estudar na escola dos sábios, e um deles foi para Copenhague, se estabeleceu lá em algum tipo de negócio, o outro é funcionário público em Reykjavík e está sob a alçada do governador, eles nunca vêm para cá. A filha aprendeu, claro, a tocar piano, a costurar, como fazer reverências e conversar em banquetes, aprendeu três línguas, foi encorajada a ler grandes romances, tocava Chopin, e um capitão baleeiro norueguês ouviu-a tocar pela janela aberta, ela se mudou para a Noruega no ano seguinte e não a vimos desde então. O velho Guðjón ficou para trás, só. Inquieto, infeliz, inchado com insônias e bebedeiras, comprou uma pistola de um capitão marítimo inglês, encostou-a às têmporas três vezes durante o mesmo número de anos, mas não teve a força necessária para apertar o gatilho e para entrar no reino da morte.

Então, conheceu Geirþrúður.

Tinha havia muitos anos o costume de fazer longas viagens, quase sempre para o estrangeiro, já que não há nada para ver na

Islândia, exceto montanhas, quedas-d'água, relva e essa luz que pode atravessar uma pessoa e torná-la um poeta. Guðjón viu o mundo, cidades, pinturas, castelos, fugiu de si próprio, fugiu da solidão, fugiu da pistola na gaveta da escrivaninha, uma vez fugiu até o Egito e aí deixou inconscientes três ladrões com os seus punhos e temperamento violento. Seu amigo Jóhann cuidava das contas e tentava ao mesmo tempo manter a companhia em funcionamento. Oh, céus, dizia Jóhann bastante preocupado, um homem extraordinário, morreu muitos, muitos anos depois e deve ter seguido o caminho mais curto até o Paraíso. Mas quando Guðjón regressou de uma das suas viagens, a mais longa, cinco meses, viajou pela Inglaterra, Alemanha, Itália, viu o papa, ouviu o sr. Charles Dickens ler em Londres, Geirþrúður estava com ele.

Ela tem uma testa alta e há algo na sua expressão que não conseguimos decifrar. Dureza ou frieza, arrogância ou distanciamento, escárnio ou desconfiança, talvez um pouco de tudo isso, e as suas sardas também nos confundem um pouco. Ela trabalhava no Hotel Reykjavík, disse Guðjón aos seus amigos. Eu estava sozinho e perguntei se ela queria ver o mundo, há algo para ver, ela perguntou, o papa em Roma, respondi, ele é apenas um velho decrépito, disse ela, ganancioso e trapaceiro. Isso é blasfêmia, disse furiosamente o reverendo Þorvaldur. Guðjón deu de ombros. Contudo, ela foi com você, disse o juiz Lárus. Isso aconteceu à noitinha, uma espessa nuvem de fumo de charuto na divisão, mal dava para ver uns aos outros, pelo menos até um deles ter a ideia de abrir a janela para o outono e o céu tossiu quando o fumo saiu. Guðjón olhou para a cinza incandescente do cigarro, perguntei, ele disse, o que ela queria fazer da vida, deveria haver algo que quisesse experimentar. Tomar café da manhã numa antiga aldeia alemã nas montanhas, ela respondeu. E foi isso que fizemos. É por isso que viajamos pela Alemanha, tomamos café da manhã numa aldeia nas montanhas e nos casamos à tarde numa capela de trezentos anos na montanha. Ela quer apenas tudo aquilo de que você é dono, velho amigo, disse triste e furiosamente Lárus, você está se humilhando, acrescentou Þorvaldur, que instintivamente cerrou os punhos, mas então Guðjón caçoou: vocês só têm inveja de eu dormir com uma mulher nova, tão nova, bonita e com a pele tão branca, além disso, ela é mais esperta do que eu e diz coisas que me fazem ver o mundo de forma diferente. Sem dúvida você teria conseguido dormir com ela sem se casar e depois arrastaria ela até aqui, o que você sabe, talvez as pessoas estejam rindo de você, o que você sabe, talvez ela espere se livrar de você, pegar tudo para ela e partir? Guðjón olhou diretamente para a cara de Lárus com os olhos azuis que conseguiam se tornar bizarramente tristes, como os de um cão velho, mas que também podiam ser penetrantes e aterrorizadores. Lárus desviou o olhar, ia pedir desculpa, mas então Guðjón aclarou a garganta, cuspiu para a escarradeira e disse: a vida não fazia sentido para nenhum de nós, por isso, foi lógico nos casarmos, pouco importa a nossa diferença de idade.

Eles viveram o seu primeiro ano juntos na sua antiga casa, que fica na rua principal. Uma bela casa numa localização excelente, mas Guðjón disse que não gostava mais de lá morar, e várias semanas depois de os amigos terem tido aquela conversa chegou um grande navio da Noruega com madeira cortada para a casa que agora tem o café, a casa em que o menino dorme um sono muito profundo. Dois andares espaçosos e um sótão alto: um presente de casamento de Guðjón para Geirþrúður. Mandaram construir a casa com a casa pastoral, na rua mais fina da aldeia, onde só vivem aqueles que têm algo: o juiz, o médico, capitães ricos.

O reverendo Þorvaldur ficou extremamente satisfeito por ter Guðjón como vizinho. Eram amigos havia muitos anos e houvera bastante interação entre as suas casas enquanto a primeira mulher de Guðjón ainda era viva; ela e Guðrún, a mulher do pastor, se davam bem. O pastor e a sua mulher foram os primeiros a viver naquela rua, tendo se mudado da velha chácara da igreja, uma casa feita de turfa que começava a mostrar sinais de desgaste, tombada em alguns pontos e que começara a se desfazer aos poucos. Ficava logo abaixo da nossa igreja, que é o prédio mais alto em toda a aldeia, um pouco como se nos dirigíssemos à montanha como a casa de Deus. Há uma cruz branca de neve na torre, mas, na alvorada, dois corvos às vezes se sentam no telhado e fazem sons sombrios, como que para nos lembrar da noite eterna. Þorvaldur sobe à igreja todas as manhãs para pedir perdão a Deus e para ter algum tempo para si antes de o dia romper sobre ele com toda a sua algazarra, todas as suas tentações e promiscuidade. Houve tempos em que Þorvaldur bebia como uma tripulação de navio inteira, tinha três filhos fora do casamento, mas agora é um abstêmio total. Levanta cedo, sobe à igreja, grita para os corvos que olham sarcasticamente para ele, se ajoelha no altar e pede a Deus que o mantenha afastado do álcool porque este traz o pecado e o descontrole. Pede a Deus que perdoe todas as suas transgressões e depois vai para casa, para tomar o café da manhã, para casa, para a sua mulher e para os seus filhos que não saíram de casa, não estão mortos, casados ou na escola. Guðrún disse a ele uma vez, se Deus pode te perdoar, então também tentarei fazê-lo, e ainda o tenta. Tiveram sete filhos, um morreu na infância, os dois mais novos ainda vivem em casa mas sairão em breve e então só restarão ele e a sua mulher e a mulher da limpeza, Þorvaldur teme-o e tem saudades dos dias em que acordava com as vozes das crianças. No entanto, nem sempre foi fácil recordar o passado sem senti-lo no seu coração, sentir o arrependimento e a dor por não o ter aproveitado suficientemente bem, não ter escutado o bastante, muito ocupado para ter tempo, precisava escrever um sermão, precisava recolher as ofertas dos seus paroquianos, havia o seu trabalho para a comunidade, passava muito tempo sentado na câmara municipal, estava envolvido na companhia de teatro, e bebia, isso lhe ocupava todo o tempo e poucos momentos sobravam para as crianças, para as perguntas infantis que nos aproximam do início, papai, por que é que o sol não cai, por que é que não conseguimos ver o vento, por que é que as flores não falam, por que é que a escuridão desaparece no verão, e a luz, no inverno, por que é que as pessoas morrem, por que é que temos de comer animais, eles não ficam tristes, quando é que o mundo vai morrer?

A casa de Geirþrúður, o presente de casamento, é um dos edifícios mais imponentes da aldeia e consideravelmente maior do que a casa pastoral. Há um tapete no chão, um pesado lustre de teto na sala, o piano em que Guðjón por vezes martelava com desespero numa ação a que chamava tocar. Þorvaldur ficou feliz por ter o seu amigo na porta ao lado, é incrivelmente bom ter um amigo neste mundo, então não se está tão indefeso, é possível falar com alguém e escutar sem precisar, ao mesmo tempo, proteger o coração. As noites de inverno são também aqui longas, esticam a escuridão de um cume de uma montanha a outro, as crianças adormecem e então a balbúrdia silencia, temos tempo para ler, pensar. Mas quando as crianças adormecem, a inocência recua e talvez recordemos a morte, a solidão, então é uma bênção ter um amigo na porta ao lado e imensamente bom pegar um charuto no escritório de Guðjón, ver as brasas brilharem, observá-las enquanto ardem lentamente. Þorvaldur e Guðjón conseguiam ficar assim sentados horas a fio. Falavam sobre o governo, sobre os dinamarqueses, sobre pesca, se usar moluscos como isca deveria ou não ser proibido, se a aldeia deveria investir num navio a vapor, falavam sobre preocupações municipais. Para Guðjón era um grande alívio poder falar sobre os problemas do mundo exterior, onde as questões são claras e as palavras não perturbam o coração, não tocam na ferida bem dentro de nós. Uma boa noite para ambos, uma boa diversão e passos felizes da casa pastoral à casa norueguesa de Guðjón, uns felizes vinte e oito passos, mas Þorvaldur estava sempre incerto em relação a Geirþrúður. Ela era gentil, não havia dúvida quanto a isso, entrava com sucos, sorria, perguntava coisas fáceis de responder, mas ele tinha sempre a sensação de que havia algo por baixo da superfície, talvez desprezo, ou simplesmente desrespeito, ele desaprovava a pouca gratidão que ela, essa antiga camareira num hotel de Reykjavík, mostrava por ter sido tão inesperadamente erguida às fileiras da boa sociedade. Ela foi, por exemplo, depressa convidada, enquanto mulher do abastado Guðjón, a entrar no Clube de Mulheres Eva, um grupo de vinte ou trinta mulheres que se encontram regularmente e falam sobre a vida e o mundo, sobre carências e adultério. Elas patrocinam o espetáculo natalino das crianças, recolhem donativos quando mulheres jovens perdem os maridos no mar e são deixadas sozinhas com vários filhos, por vezes fazem com que homens eruditos lhes deem palestras. Geirþrúður participou duas vezes; infelizmente, não me apetece ficar sentada durante serões em frente a guloseimas e ouvir mulheres falarem sobre coisas óbvias, explicou ela a Guðrún quando a mulher do pastor foi visitá-los e perguntara por que é que Geirþrúður deixara de ir. Talvez você seja superior a todas nós, disse Guðrún, com uma cortesia fria.

Por que eu deveria ser?

Guðrún olhou silenciosamente durante muito tempo para Geirþrúður, que respondeu ao seu olhar com um ar confuso, mesmo inocente. Nós te convidamos de boa vontade, foi de boa vontade que vim aqui, e a boa vontade não é um trocado que você encontra no meio da rua.

Não aprecio muito companhia, disse a mulher mais nova.

Você está pedindo que eu vá embora?

Não, só não gosto muito de companhia.

Você não é particularmente amigável, devo dizer.

Não pretendo ser pouco amistosa, só estou tentando ser honesta.

Estavam sentadas na elegante sala, que depois foi transformada no café, o espesso tapete abafava todos os sons, um grande e velho relógio tiquetaqueava num canto, e, fora isso, tudo estava silencioso. Guðrún olhou para baixo, para a xícara de faiança meio cheia com chá, Geirþrúður bebeu café de uma grande xícara, Helga entrou com mais café, Geirþrúður bebeu como se fosse água. Guðrún esperou que Helga saísse mais uma vez, essa governanta silenciosa que Geirþrúður mandara buscar em Reykjavík, tão desajeitada e antissocial quanto a dona da casa.

Você nem sequer se sente grata, perguntou Guðrún, depois de a porta ter se fechado atrás de Helga e serem deixadas a sós com o tempo na espaçosa sala.

Pelo quê, perguntou a outra mulher, aparentemente surpreendida.

Preciso ser mais clara?

Sim, é muito provável que seja preciso, infelizmente.

Muito bem, disse Guðrún, e se endireitou no seu lugar, se posicionou e olhou de modo severo para a jovem, conhecemos esse olhar, penetra em paredes, Þorvaldur teme-o muito mais do que qualquer outra coisa. Você acha, ela disse, falando devagar, que é completamente natural que um homem como Guðjón, que está longe de ser um homem comum e é, além disso, bastante rico financeiramente, te tome, faça com que uma menina vulgar, uma camareira, se torne sua igual ao se casar com ela? E você acha normal e natural todos nós te recebermos incondicionalmente no nosso grupo e chegarmos a te tratar com afeto e tolerância materna?

Infelizmente, não sou vulgar, e, infelizmente, não sou uma menina. Sim, é claro que você é uma menina, disse bruscamente Guðrún, não suporta que as pessoas duvidem do que parece ser óbvio, é uma menina, vulgar ou não, não entraremos nisso agora, que de repente se torna a esposa de um homem rico mas que claramente mostra sinais de ser das classes baixas. Não digo isso para te criticar, somos o que somos, mas com a vontade e a disposição certas é possível aprender muito, e você deveria ser capaz de se dedicar a hábitos que talvez não estejam completamente na sua natureza, mas também precisa passar tempo com as pessoas certas. Uma mulher da sua classe não engole, por exemplo, café de uma caneca de barro como a mulher de um pescador, como um pescador, sinto que preciso dizer isso a você. Uma mulher da sua classe se senta direita, não como uma criança malcomportada.

Geirþrúður olhou para baixo, como que para se examinar, ela estava sentada meio torta na cadeira verde, larga e macia, com uma perna sobre um dos braços, as mãos em volta da xícara de café como se tivesse frio; ela pareceu pensar nas coisas por um momento e disse então, sem olhar diretamente para Guðrún, eu concordei em casar com Guðjón porque ele é um homem bom, porque nos sentimos felizes juntos e porque eu o encaro como meu semelhante.

Guðrún levou calmamente a xícara aos lábios, depois pousou-a vazia, você não é semelhante a Guðjón e nunca será, ela disse, e levantou, olhou para Geirþrúður, espero que você não volte a comparecer a nenhuma reunião do grupo.

Infelizmente, não gosto muito de doces.

Ou a companhia de outros, acrescentou a mulher do pastor.

Geirþrúður então sorriu pela primeira vez e disse, nós duas quase que poderíamos nos dar bem.

Sim, respondeu Guðrún, quase.

\* \* \*

    Ela abriu caminho à vida de um homem solitário de meia-idade, muitas pessoas ainda disseram, ela privou-o da tranquilidade dos últimos anos, e a verdade é que, um dia, Guðjón levou a mão ao peito, foi mesmo na rua e, à luz do sol, olhou em volta confuso e depois morreu. Geirþrúður herdou metade, o que não era nenhuma ninharia, e não derrubou uma única lágrima no velório. Contudo, ela não poupou dinheiro na vigília, temos de admitir isso, foi uma grande vigília e tão alegre como se o diabo tivesse acendido uma lareira por baixo daqueles que compareceram. Þorvaldur se embebedou indesculpavelmente e acabou na cama errada, com uma governanta contente, Gunnhildur, que achava ao mesmo tempo engraçado e excitante estar com o pastor, ela fez com que ele usasse o tempo todo a batina e foi divertido enquanto durou, mas não depois da ressaca, aí não foi nada divertido, e dois dias depois Þorvaldur juntara-se à sociedade antialcoólica Nascer do Dia. Por outro lado, Geirþrúður não foi vista na vigília, estava, é claro, em casa contando o dinheiro, disse um homem, acho que a vi caminhando acima da vila, disse outro, sim, provavelmente para se encontrar com o diabo, o seu marido, disse o terceiro, mas, em todo caso, muitos deles acordaram com uma grande ressaca, com Guðjón no chão, à espera do dia do Juízo Final. Depois, Geirþrúður abriu o café onde a elegante sala da casa estivera, chamou-o apenas de o Café, mas usamos por vezes nomes como o Bar, o Refúgio, os Portões do Inferno.

# 6

O menino ainda está dormindo, profundamente, inconscientemente. Muitas vezes, os sonhos nos libertam da vida. São a luz do sol por trás do mundo. Nos deitamos para dormir no fim de uma noite de janeiro, o vento norte estremece a casa, as finas vidraças das janelas tremem, fechamos os olhos e o sol brilha sobre nós. Aqueles que vivem por baixo de encostas montanhosas que se desmoronam e tão próximas do fim do mundo são especialistas em sonhos. O menino dorme. Em seguida, acorda, vem lentamente à superfície.

Ainda está escuro quando ele acorda.
Sente, no entanto, que a noite está por trás dele e que o sol em breve se erguerá das profundezas.
Ele abre os olhos devagar, com cautela, com relutância, e os sonhos que encheram a existência são abandonados e se transformam em nada; no máximo, num vestígio de nevoeiro que pende sobre a memória durante alguns segundos e depois se dis-

sipa. Ele volta a fechar os olhos, acordado, mas não completamente. Uma condição confortável que tentou reter várias vezes, precisamente no meio, dormir sobre uma mão, acordar sobre a outra, mantendo o despertar ao longe o máximo de tempo que consegue. Imaginou que acordava numa casa com um piano, um órgão de tubos, uma parede cheia de livros, as pessoas dessa casa são atenciosas, sabem muito e até há uma maçã na mesa. Mas a realidade nunca deixa que uma pessoa se afaste muito dela, só se escapa dela por um momento, os vivos e os mortos estão nas suas mãos, por isso, é uma questão de saúde mental e espiritual, de Inferno e Paraíso, de tornar a realidade um lugar melhor. Os sonhos acordados recuam, a maçã, as pessoas atenciosas, o piano, os livros. Então, o menino tenta imaginar que está na estação de pesca, que está acordando, que haverá pescaria e que Bárður está vivo. Inspira com a esperança de sentir o odor dos pés fedorentos do seu amigo, mas o ar no quarto é bom demais, não mortalmente abafado como depois de dormir no sótão, sete pessoas dormindo, não se pode abrir uma janela, sete pessoas que respiram e têm cheiro.

Ele abre os olhos. Bárður está morto e tudo esfria.

Volta a fechar os olhos.

A vida pode ser muito indelicada.

Está abatido pela melancolia, seu coração dói, mas sente tanta vontade de urinar que todo o resto cede diante dessa necessidade. Tanto que não se atreve a tossir, não se atreve sequer a chorar, porque o menor esforço poderia pressionar a sua bexiga cheia e fazer com que derramasse alguma coisa. Isso demonstra o quão idiota eu sou, ele pensa, e se perde por um momento em um desprezo de si próprio, mas quem precisa urinar precisa, naturalmente, urinar, e se esperar o suficiente a necessidade se torna basicamente avassaladora. Levanta devagar da cama, está nu, quem o teria despido, ele pensa, preocupado, enquanto se ajoelha e procura debaixo da cama o penico, suspira quando sua mão esbarra nele. Urina de joelhos para que nada caia fora do penico e é bom, é tão bom urinar que suspira alegremente e assim trai a sua dor pela terceira vez em pouco tempo, é um idiota. Senta na beira da cama, olha em frente com pouca esperança e inspira o odor quente da urina. Silêncio à sua volta, nem se ouve o mar. Seus olhos começaram a se acostumar com falta de luz, vê o contorno de duas janelas atrás de uma cortina pesada, provavelmente está calmo lá fora, por isso, vão para o mar. Pétur aproveitou o dia de ontem para encontrar dois pescadores itinerantes que então se sentam no banquinho do meio em vez de Bárður e dele mesmo, enquanto Andrea está, sem dúvida, preocupada com ele, preciso escrever a ela, sim, claro, mas para lhe dizer o quê? Seu corpo magro é tomado por tremores, seu corpo não forte mas endurecido pelo trabalho, está gelado no quarto, puxa o cobertor sobre os ombros e olha em volta. Muito ainda escondido ou difuso na escuridão mas, na verdade, nunca dormiu sozinho num espaço tão grande, exceto, é claro, quando dormiu ao relento, sob o céu nu. A cama tem vigas altas, aí consegue distinguir uma cômoda com seis, não, sete gavetas e os contornos de quadros nas paredes. Há uma cadeira que parece ser agradável de se sentar. O menino olha em volta à procura da sua roupa, está bastante triste mas ainda assim quer muito experimentar a cadeira. Poderia ser falsa? E quem tirou sua roupa? Helga, sem dúvida. Não é um pensamento particularmente agradável. Então ela é a primeira mulher a vê-lo nu. Poderia ter sido outra mulher, como, por exemplo, Guðrún. Tenta pensar nela, tenta ter saudades dela, mas não sente nada, quase como se ela não significasse nada para ele. Ele se levanta, vai até uma das janelas, abre a cortina pesada e a luz enevoada de abril cai em cima dele, afasta a escuridão e revela o quarto. Sua roupa está pousada numa cadeira de madeira azul perto da cama. Se veste, cheira a roupa como um cão, nunca antes cheirou tão bem, então fica muito tempo sobre a poltrona pesada, acaricia-a, sobre os braços largos, murmura algo e depois senta com cuidado. A cadeira é incrivelmente macia e é tão absurdamente bom sentar-se nela que o menino sorri por instinto, mas logo morde os lábios com força.

Está claro lá fora e a noite desapareceu.

A noite de abril não é, obviamente, muito escura e também está cheia de sons bons, é possível ouvir a água correndo, os pássaros cantando, as moscas, é possível ver minhocas na terra e a vida se torna mais simples, abril chega com um estojo de primeiros socorros e tenta curar as feridas do inverno.

O menino senta na cadeira mais macia do mundo e olha em volta, pela janela e para as nuvens azul-esbranquiçadas de abril, tenta pensar em Deus mas desiste rapidamente e, em vez disso, olha para o penico, meio cheio com urina que esfria, branco e tão puro que é como se nunca tivesse sido usado. Não, também nunca viu um penico tão bom, ainda bem que não conseguiu vê-lo adequadamente quando urinou, com certeza não teria se atrevido a urinar num recipiente tão elegante. Há dois quadros nas paredes, bem grandes, semicerra os olhos para distinguir o que representam, uma cidade num deles, países estrangeiros, ele murmura. Imaginem só, vivemos num país onde não há nenhuma cidade, nenhuma estrada de ferro, nenhum palácio, e, além disso, vivemos tão afastados do mundo que muitas pessoas não sabem que existimos. E há alguma coisa para conhecer? O outro quadro é menos óbvio, precisaria levantar e se aproximar para vê-lo melhor, mas isso está naturalmente fora de questão, é muito melhor continuar ali sentado, olhando em volta. Dormi talvez umas boas vinte e quatro horas, ele pensa, é o que sente no corpo, que está pesado, quase dormente. Algo range próximo do menino, ele se sobressalta e, por um momento enganoso, teme que Bárður esteja no canto semiobscurecido olhando para ele. Há passos no lado de fora da porta e alguém ri, um homem, mas não certamente o velho capitão, é um riso mais jovem, profundo, quase alegre, e o velhote também quase não ri, talvez só resmunga. Para seu prazer, o menino sente a sua antipatia com Kolbeinn se espalhar pelo corpo. Velho sacana, ele murmura. O homem volta a rir e ele ouve a voz de uma mulher. Incrível, existem pessoas que riem tão cedo pela manhã. O menino levanta, abre as cortinas pesadas da outra janela, janelas bastante grandes fechadas com trincos, ele as abre e absorve o frio e silencioso ar da manhã, não nevou desde que entrou naquela casa, olha para cima e para a montanha que se ergue sobre a aldeia. A luz matinal não é completamente límpida, é como se estivesse cheia de impurezas. Alguma vez estará completamente claro debaixo de uma montanha daquelas? O menino recua instintivamente da janela e fecha-a, o quarto tinha ficado frio com muita rapidez, deseja sobretudo se enfiar mais uma vez na cama, tapar a cabeça, pois o que é que se aproxima, a não ser um fôlego difícil, comer, ir regularmente ao banheiro, ler livros, responder quando alguém nos fala? Por que é que um homem vive? Ele tenta dizer essas palavras em voz alta, como se apresentasse a questão diante de Deus ou talvez apenas diante daquela cadeira, mas, como nem Deus nem a cadeira parecem inclinados a responder, começa a pensar nos livros de Kolbeinn. Eles são provavelmente cerca de quatrocentos e ele nunca viu mais do que vinte livros no mesmo lugar, exceto, claro, na farmácia, contou setenta e dois quando lá foi com Bárður: quatrocentos livros. Ele olha sonhadoramente para o espaço. O homem ri de novo, mas dessa vez mais longe, capta apenas o som distante, se mexe, levanta, vai rapidamente até a porta, abre-a, olha com cuidado para fora, surge um corredor comprido. Sem dúvida dormiu por muito tempo atrás das cortinas pesadas, mas agora está acordado e precisa descobrir por que está vivo e se há espaço para ele nesta vida.

Ele hesita junto à porta. Olha para o grande quarto, despede-se dele e acaba fechando cuidadosamente a porta atrás de si e caminha devagar até o outro extremo do corredor. Conta cinco portas além daquela que fechou e quatro arandelas nas paredes, só duas delas acesas, por isso está um pouco escuro no corredor, ele olha para os quadros mais próximos das lâmpadas acesas. Tudo países estrangeiros, murmura depois de examiná-los, lagos, florestas, palácios, cidades estranhas. Desce muito devagar pela escada, as duas vozes vêm de baixo, para no meio da escada, fecha os olhos, inspira profundamente e se prepara. É fácil alguém se enganar na solidão, quase é possível criar uma personalidade, virar sábio, pensativo, ter uma resposta para tudo, mas a história é diferente na companhia de outros, você é posto à prova, aí já não é tão pensativo, nem de longe tão sábio, você é muitas vezes um idiota maldito e diz todo tipo de coisas estúpidas. Tenho certeza de que farei papel de idiota, pensa o menino, e continua descendo a escada, conta dezesseis degraus. Uma porta fechada à sua direita quando desce, um corredor relativamente comprido à esquerda que conduz à porta principal, que está entreaberta, e aí está um homem, sem dúvida aquele que riu, bem alto, com aspecto forte, ombros largos, usa um casaco azul com vários botões dourados, um capitão estrangeiro, pensa o menino, também é possível identificá-lo pelo modo como se comporta, a combinação de determinação e despreocupação, esse homem não depende de peixe salgado e não precisou viver sob a escuridão das montanhas. O capitão vê o menino, que ainda está agarrado ao corrimão porque muitas vezes precisamos nos agarrar a algo para não nos perdermos ou cairmos no precipício, pode ser um corrimão, mas, de preferência, outra mão. Seus olhos se cruzam, o estrangeiro leva a mão acima dos olhos como se estivesse de vigia ou talvez só para enxergar melhor. Helga surge no corredor, ela estava no vão da porta, junto ao capitão, olha para o menino e diz, bom dia, você estava dormindo. Ele larga o corrimão mas volta a agarrá-lo e concorda com ela e ao mesmo tempo acena bom-dia ao abanar a cabeça. É possível dizer muito com um pequeno movimento da cabeça, as palavras são provavelmente sobrevalorizadas, deveríamos talvez nos desfazer da maior parte delas, apenas abanar a cabeça, assobiar e cantarolar. Helga olha para o capitão e diz algo numa língua estrangeira, fala devagar mas sem hesitar, explica quem sou, pensa o menino, o capitão olha para ele, já sem estar de guarda, e seu rosto expressa compaixão, até mesmo pena. Ele navega pelos mares e conhece a morte, pensa o menino, como se para justificar a ele mesmo as correntes quentes que o olhar do estrangeiro lança no seu interior. Então, o capitão faz um gesto com a cabeça, ergue um dos braços, sua mão está aberta e virada para o menino, ele olha subitamente para cima, é como se hesitasse, como se esperasse algo, mas depois ele sai e a porta se fecha.

Bem, diz Helga.

*Bem* é certamente a palavra mais importante que existe em islandês, pode unir instantaneamente dois estranhos.

O menino caminha até ela e ela diz, agora você precisa comer, e ele diz, sim.

# 7

É difícil lidar com a Helga, dissera Bárður ao se afastarem da aldeia treze mil anos atrás, com um perigoso poema épico nas costas, não se tem a certeza se ela simplesmente nos tolera ou se gosta de nós, se se sente chateada com a vida ou não, caramba, por vezes quero pular em cima dela, gritar, só para desequilibrá-la e descobrir se podemos vislumbrar a sua verdadeira personalidade, qualquer que ela seja.

Mas Bárður já não vai pular em cima de ninguém nem gritar. O que é, na verdade, uma coisa boa, porque está morto, morreu de frio, e a vida se afasta cada vez mais dele a cada minuto que passa, depois de trinta anos ele será, no máximo, uma tênue recordação no mundo, e então eu também serei completamente esquecido, e ainda bem. É assim que o menino pensa, ou melhor, esses pensamentos lampejam dentro dele ao seguir Helga e tentar conter sua ansiedade e manter sua timidez longe. Por que é que devo ter vergonha dela? Helga é só uma pessoa, seu corpo é delicado e não suporta um deslizamento de terra, não suporta o tempo, o tempo pestaneja e ela é uma velha decrépita num canto, remoendo recordações insossas e nomes que mais ninguém recorda.

O caminho do corredor até a cozinha mal tem dez passos, porém tudo isso consegue passar pela sua cabeça, há claramente grandes extensões na mente de um homem, oportunidades magníficas, mas a maioria delas não é usada porque a existência rapidamente se enrijece no lugar-comum, e as oportunidades diminuem a cada ano que passa, uma grande parte da mente se perde ou se transforma em desperdícios arenosos.

Helga tem uma estatura pouco abaixo da mediana, seus movimentos são rápidos e precisos, ela provavelmente só conhece o verbo hesitar de nome. Seu cabelo loiro clarinho está atado num nó duro e firme na nuca, emprestando ao seu rosto um aspecto afiado, realçando seus lábios bem finos e o nariz ligeiramente voltado para cima, e usa um vestido azul-claro largo; o menino não tem certeza sobre os seus contornos físicos, nem tem qualquer interesse neles, ela deve ter pelo menos trinta anos.

Entraram na cozinha e todos os pensamentos inquietos e devaneios do menino caem como pássaros abatidos, porque está lá sentado o velho Kolbeinn. Mastiga uma fatia de pão com uma espessa camada de manteiga e geleia, seus olhos mortos percorrem o menino como mãos frias e os acontecimentos no café, sua timidez, uma palavra em bacalhoês, Omaúnu, agitam-se ligeiramente na sua memória e começam a caçoar dele de imediato. Está acordado, o menino, diz Helga ao capitão, que resmunga algo como um velho carneiro, raramente está bem-humorado de manhã, ela explica ao menino, que não faz ideia se deve sorrir ou não. Kolbeinn é um homem tão sensível, ela continua, que há muito tempo percebeu que é inútil ser bem-humorado, de modo geral. O menino pensa em sentar e depois muda de ideia, fica apenas ali em pé e quer desesperadamente fazer uma careta ao capitão azedo mas não se atreve, observa, em vez disso, Helga partindo o pão com movimentos ágeis, depois o café começa a ferver. O menino olha com grande interesse para o fogão com quatro pés de ferro maciço, com um atiçador e quatro discos para tachos de diferentes tamanhos. Nunca viu um fogão tão grande, examina as suas decorações e assim se mantém ocupado por algum tempo. Senta, diz Helga, sem se virar, ele se senta imediatamente. Ainda assim, o Kolbeinn é bem-humorado por natureza, ela diz, e até já me cantou de manhã. O capitão mastigador volta a resmungar. Helga coloca o pão e o café na mesa diante do menino, que sente a sua fragrância corporal quente e se arrisca a sorrir, ainda que de forma hesitante, o rosto do capitão com uma grande barba lembra um conjunto de nuvens negras, mas há uma calma peculiar nas suas mãos cansadas pelo trabalho que estão pousadas na mesa como cães que dormem, grandes quando comparadas com o seu corpo. O menino bebe o café quente, dá uma dentada no pão e então a fome aumenta de maneira tão intensa que precisa se concentrar muito para não enfiar todo aquele pão macio na boca, se obriga a comer devagar, o local onde está exige dele mais cortesia e modos à mesa mais elegantes do que aqueles a que está acostumado. Helga traz para ele um mingau numa taça azul, ele olha para cima, diz obrigado por instinto, e de maneira tão sincera que ela sorri tão encorajadoramente que o sorriso lhe chega aos olhos, dando-lhe a coragem necessária para perguntar sobre o homem que estava indo embora, é um estrangeiro? Sim, ela diz, se serve de café numa xícara azul, senta na ponta da mesa, capitão do outro navio ancorado na lagoa, partem mais tarde, ele é inglês, acrescenta ela e bebe o seu café. Você sabe inglês, pergunta ele cuidadosa e respeitosamente, porque todos aqueles que sabem outra língua devem ver mais longe e saber mais do que as outras pessoas. Um pouco, morei na América durante seis anos, mas ele não está aqui para me visitar ou admirar o meu inglês. Então por que é que vem, pergunta o menino, tão inocente, mas por um momento percebe quase imediatamente sua inocência ou sua idiotice e fica muito vermelho. Helga contorce os lábios, ou por insatisfação, ou para se impedir de sorrir, o rosto de Kolbeinn é inexpressivo. O menino enfia o mingau na boca, evitando assim dizer outra besteira.

É melhor ir andando.

Já entreguei o livro, missão cumprida, muito obrigado, a seguir estava marcado decidir se deveria viver ou morrer. É revigorante quando as escolhas de uma pessoa estão limitadas a duas e ambas são decisivas. É claro que é consideravelmente mais simples morrer, apenas uma decisão e então tudo se acaba, pega uma corda, ata-a em volta de uma pedra, salta de uma ravina e nunca mais sobe, ninguém precisaria se deparar com o seu corpo morto.

É muito mais complicado viver.

Não basta arranjar uma corda, mesmo que fosse uma corda muito boa, é preciso mais do que isso para viver, a vida é um processo longo e complicado, viver é perguntar. Onde, por exemplo, deveria permanecer na noite seguinte, nas noites seguintes, nas próximas dez mil noites? E precisa encontrar trabalho, não vai para o mar, que se foda isso, não, e não vai trabalhar na loja de Léo no verão, não sem Bárður, está fora de questão. Mas, e depois, ele precisa comer, isso custa dinheiro. Ele poderia talvez negociar com as lojas de Magnús ou de Tryggvi para conseguir algum crédito, os navios em breve partirão e então haverá muito para fazer e todos os trabalhadores serão bem-vindos. Sim, sim, é claro que não é um problema arranjar bens essenciais fiados por alguns dias, não é um problema sobreviver, mas é muito mais complicado descobrir se tem, no geral, algo para se fazer neste mundo.

É assim que o menino pensa, terminou o seu mingau, segura a colher vazia e olha para o vazio, não há no seu rosto sinais de ter pena de si mesmo, mas talvez um pouco de desespero, como poderia arranjar uma corda? Não se encontra na rua, a vida colocará sempre obstáculos no nosso caminho, nunca nada é fácil. Bárður nunca teve problemas com nada, mas morreu e nunca mais rirá com aquela sua gargalhada contagiante.

O menino se assusta, Helga diz algo. O quê?, ele pergunta, mas ela abana a cabeça e murmura, então restam-me um surdo e um cego. O menino olha rapidamente para Kolbeinn mas ele não está lá, desapareceu apenas. Eu só, diz o menino, se cala e procura mais palavras mas não as encontra, perdeu todas.

Você perdeu a audição, recuperou-a e depois perdeu a voz, é de fato emocionante estar ao seu lado, diz Helga, ele naturalmente não faz ideia se ela diz isso animadamente ou de modo sarcástico, mais uma vez não tem certeza e teme aquela mulher, concordando assim em silêncio, com um movimento da cabeça, em sair com ela e em ir até a loja de Tryggvi. Precisamos de leite, cerveja, mingau, pão, preciso de um animal de carga, surdo ou mudo, não interessa, mas espero que a sua força não desapareça de repente dos seus braços.

# 8

O céu já não se estende frio como gelo sobre o mundo, a neve começou a amolecer na rua, é abril. E aí ele caminha. Helga não diz nada, felizmente, como se tivesse deixado todas as suas palavras para trás, em casa, Geirþrúður quer falar com você mais tarde, foi a última coisa que ela disse enquanto vestíamos os casacos, mais tarde?, ele perguntou, como se aquelas palavras, mais tarde, fossem totalmente incompreensíveis, ela não gosta de se levantar cedo, dissera Helga, e ignorou o olhar inquiridor do menino, por que ela quer falar comigo, ele pensa na rua, talvez para me culpar por não ter salvado Bárður do frio? Helga caminha tão rápido que ele tem de usar toda a sua força para acompanhá-la e a sua linha de pensamento se desfaz constantemente. Esta rua se chama rua da Lua, ele pensa. Caminharemos até o final e então começa a rua do Mar e segue sempre até a ponta, mas há o cemitério, talvez eu deva assobiar aos mortos e convidá-los para uma caminhada? Abriram um caminho razoável ao longo da estrada e outro ainda melhor na rua do Mar, além disso, a neve está compactada e não há dificuldade nenhuma em caminhar sobre ela. O céu está bastante claro apesar das nuvens pesadas, são aproximadamente sete horas, é o mais provável, o mar está azul e ligeiramente encrespado no fiorde, talvez próximo do ponto de congelação. O menino se esquentou durante a sua caminhada, parece não se importar quão longas são as suas passadas, está sempre pelo menos meio passo atrás de Helga. A fumaça sobe das chaminés das casas que ficam ao lado da zona de secagem de Magnús, três homens fumam cachimbo do lado de fora da loja, provavelmente pescadores estrangeiros, os mastros dos dois navios se erguem no ar no cais inferior junto à ponta, os navios estão escondidos atrás dos prédios. Um dos navios se chama St. *Lovisa*, vem da Inglaterra, seu capitão é J. Andersen e seu corpo ainda está quente após noites e dias com Geirþrúður. O fumo dos cachimbos dos três homens sobe no céu, azul, mas se dissipa rapidamente, se desfaz em nada. O menino olha para os mastros que se erguem acima das casas no ar matinal, deveria ir para a América, isso passa pela cabeça, é claro, é essa a resposta, ou o Canadá, que é um país muito grande. Então ficaria muito longe do mar, do peixe, aprenderia inglês e poderia ler livros importantes. Ele quer pensar mais sobre isso mas seus pensamentos se dissipam no ar como fumaça. A estrada se ramifica à sua frente, a rua do Mar continua ao longo do mar mas a rua Principal vira a seguir à esquina da loja de Magnús e abre seu caminho por entre uma densa fileira de casas. As ruas aqui foram bem limpas de neve, a estrada está quase vazia, com montes de neve em ambos os lados. Há oito, não, nove casas de imponência variável em ambos os lados da rua Principal e dois pequenos abetos espreitam da neve em frente a uma das melhores casas, tão absurdamente verdes que o menino para de modo abrupto. Ele anseia por subir aos montes de neve para tocar naquela cor verde e sentir o seu cheiro. Ele olha para cima e vê uma mulher na janela acima das árvores, é jovem, parece polir alguma coisa, um candelabro, ele acha, e ela olha para ele, e sorri então de modo tão bonito que ele se sente subitamente feliz, e, no entanto, Bárður morreu de frio ao seu lado há quarenta e oito horas. Confuso, se afasta da janela com dois olhos vivos e um sorriso e corre atrás de Helga, que está desaparecendo atrás da esquina, ele corre cada vez mais depressa, tão depressa quanto consegue, como se tentasse se alcançar, parece um idiota, naturalmente, o que é ótimo, porque é justo o que ele é.

A rua Principal vai até o centro da aldeia, a praça Central, que é como a chamamos quando sonhamos com a vida sem peixe salgado, sonhamos com uma praça com árvores, bancos e estátuas, mas estátuas de quem, é essa a questão, quem foi tão fiel à vida que mereça uma estátua?

A praça Central está cheia de neve de abril e assim ficará, sem dúvida, durante os próximos dias, há neve nessas nuvens e o sol dificilmente se mostrará hoje. Poucas pessoas andam pela rua, na verdade, apenas aquelas duas, o menino preso ao lado de Helga, não conseguiu escapar a si mesmo. Cortinas de janela movem-se na casa acima deles, uma cara olha para fora. Por vezes, pouco se passa aqui e as pessoas correm até a janela se sentem algum movimento, apenas acordar e pensar no dia pela frente nos deixa sonolentos. Helga vai à loja de Tryggvi, uma grande casa adaptada e com um grande letreiro, vitrines compridas cheias de produtos no verão e no outono, mas agora escassos. Um homem sai com um saquinho de arroz debaixo do braço, olha para Helga, sem, contudo, cumprimentá-la, ela finge não vê-lo e abre a porta, eles entram na loja e o sino toca.

# 9

O menino pisca para acostumar os olhos com a diferença da luz. Parece estar meio escuro aqui depois da claridade da neve no exterior. Algumas pessoas estão na loja, empregados e clientes, e todos param de falar quando Helga e o menino entram, inúmeros olhos que primeiro olham para ela, depois para ele, curiosos, interrogadores, alguns mesmo hostis, e não é nada agradável ser observado de tal forma. Bom chão, me engula, pensa o menino, mas está, no entanto, bastante cético porque os chãos nunca engoliram ninguém, os chãos não sabem na verdade outra coisa a não ser ficarem achatados e serem pisados. Seria, portanto, melhor para ele dar uma olhada em volta, observar a variedade de produtos na maior loja da aldeia, a maior jamais vista nesta região do país, é preciso ir para o sul, até Reykjavík, para entrar numa loja mais notável, ou até mesmo até Copenhague, atravessando o largo mar que é perigosamente profundo, cheio de navios afundados, pessoas afogadas, esperanças desfeitas. É claro que já esteve ali antes, três vezes em dois anos. Mas tudo lhe parecia então diferente, porque certas pessoas estavam vivas nessa altura. A luz de abril entra pelas janelas, não dura, nem especialmente forte. Várias lâmpadas de querosene estão acesas, mas a loja é grande, e quatro tabiques altos e largos dividem o espaço, criam sombras, criam dificuldades à luz. O balcão é comprido, com muitos metros, e atrás dele estão prateleiras com vários produtos, algumas vazias porque se esperam mais navios de primavera, os dois navios no cais inferior trouxeram apenas carvão, sal e um capitão para Geirþrúður. O menino contou nove pessoas lá dentro quando a décima, um homem alto e bem-constituído, aparece ao fundo de uma das divisórias, estava examinando alguma coisa mas deseja verificar quem acabou de chegar e olha muito tempo para o menino, é Brynjólfur, capitão do navio da loja de Snorri, a sua barba é escura e desgrenhada, o menino desvia o olhar dos olhos escuros, quase pretos, e olha pela porta aberta da sala de bebidas alcoólicas. O menino entrou lá com Bárður há cinquenta mil anos, quando os mamutes andavam pela Terra. Nessa época, as prateleiras estavam quase vazias. Já não havia conhaque, nem uísque, nem xerez, só cinco garrafas de vinho do Porto, dez de aguardente, duas de branco sueco, nove garrafas de vinho tinto, as possibilidades de vida tinham diminuído até esse ponto. Mas ainda havia densas fileiras de vários tipos de cerveja e numa quantidade mais do que suficiente no armazém, dissera o ajudante de loja, olhara para Bárður e para o menino como se de longe, encostara-se para trás para realçar a diferença entre ele e eles e o sorriso por baixo do bigode mais aparado que o menino já vira, não desprovido de arrogância. Bárður pedira aguardente, hã?, o quê?, não quer vinho tinto?, perguntou o ajudante, como que surpreendido. Bárður mandou colocar na sua conta, muito bem, a sua conta estava certa, disse o bigode, sim, está tudo bem, depois de observar Bárður de alto a baixo e a distância entre eles diminuiu ligeiramente, de setecentos quilômetros para duzentos. O menino ficou muito orgulhoso, se endireitou todo enquanto Bárður apenas esticava o seu braço forte, levarei assim, e saíram, o gargalo da garrafa preso por Bárður, bebeu até o bojo da garrafa a caminho da estação de pesca, mas Bárður nunca mais bebeu vinho nesta vida. Agora, aquele maldito Einar está metendo a boca na garrafa, pensa o menino, olhando avaramente como uma gaivota esfomeada.

Ao pensar em Einar, na sua ganância e indiferença perante a morte de Bárður, o menino fica tão furioso que a sua timidez diminui momentaneamente e ele avança até o balcão onde Helga pede os produtos, fala devagar mas de modo determinado e sem nenhum sinal de hesitação ou de submissão, aliás, nos seus modos.

Ah, como tudo neste mundo está injustamente dividido.

Algumas pessoas podem entrar assim numa loja e dizer ao balcão sem hesitação, eu quero isso e aquilo, e os lojistas vão obedientemente para onde apontam, enquanto os outros têm de pedir, requerer se não faria mal adicionar isso e aquilo, e dizer que seria fantástico ter uma porção de uvas-passas, Deus me valha, para não falar nas balas de goma! Sorrimos então de modo débil para o rosto da pessoa atrás do balcão, ansiosos por saber se ela puxará o grande livro negro com espiral vermelha em que todos os nossos débitos estão registrados, as nossas dívidas à sociedade e aos homens escritas em números inalteráveis impossíveis de refutar, só nos resta ceder. A maior parte de nós está eternamente em dívida com as grandes lojas e é claro que também com a vida, mas essa dívida é liquidada com a morte. O caso não é tão simples no que diz respeito à loja de Tryggvi, aí os pecados dos pais são legados aos seus descendentes, porque, embora a morte seja uma sacana poderosa, o seu poder não alcança os livros de dívidas; se o homem morre, a mulher paga, os filhos, pais. Isso não tem nada a ver com crueldade, mas com negócios, é apenas a realidade, a realidade é assim. As lojas de Tryggvi e de Léo são tão grandes que a aldeia se ergue e cai com elas, a sua gerência ordenada e meticulosa mantém tudo em funcionamento, nos sustenta, leviandade na gestão, indecisão, e estamos acabados, a aldeia e os seus residentes cairiam na pobreza. Fríðrik disse isso muitas vezes e preferiríamos não contrariá-lo, exceto de modo silencioso, como quando rezamos. Tem a maioria da câmara municipal sob a sua alçada, ou talvez à sua sombra, e poucas decisões se tomam sem se saber qual a sua opinião sobre elas, de um modo ou de outro. Mas Helga não precisa fazer reverências e sorrir nervosamente. Ela se limita a enfiar a mão no bolso e a pagar com dinheiro vivo. Aqueles que estão na loja, alguns para comprar coisas, outros apenas para vaguear, passar tempo, esperaram por esse momento desde que Helga entrou. Dinheiro, dinheiro vivo, o momento tem um quê de doçura sonhadora. Junte dois engradados de cerveja, diz Helga à ajudante, que se vira para o seu colega, o próprio Bigode, que se curva humildemente, claro, só precisamos buscá-los no armazém, depois entregamos no café. Ele olha primeiro para a ajudante, que se chama Ragnheiður e é a filha de Fríðrik, nem mais nem menos, e depois para Helga e sorri com educação. Então vá buscar os engradados, diz Helga quase friamente, não olha uma única vez para o Bigode, o sorriso some da cara dele; diz ele, é claro que faremos isso e olha rapidamente para dois outros colegas perto dele, e, seguindo as normas, se apressam e vão para o armazém.

  O sino toca de novo acima da porta e uma mulher alta e magra entra. Tem olhos castanhos como o homem que morreu de frio por causa de versos. Olá, Þórunn, diz Helga à mulher e sorri, Þórunn sorri de volta, se aproxima de Helga e se abraçam. O menino fica admirado de ver Helga tão animada, mas mais uma vez se sente inseguro e um pouco perdido, porque as duas mulheres, Helga e aquela tal Þórunn, vão até uma das vitrines para falarem, deixando-o sozinho perto do balcão. Ragnheiður e o Bigode, que se chama Gunnar, olham para ele, e ela então pega um copo de água. Os dois observam enquanto ela leva o copo aos lábios e o esvazia.

Ela bebe lentamente. Sua pequena laringe se move como um animalzinho sonolento no seu pescoço branco.

Um som abafado de sinos vem da sala de bebidas alcoólicas. Gunnar pragueja silenciosamente, abre a boca e parece prestes a dizer algo a Ragnheiður, mas ou decide não dizer nada ou não se atreve. Ela não tira os olhos do menino, como se estivesse curiosa, como se não conseguisse tirar os olhos de cima dele. Gunnar olha subitamente para ele com uma expressão carregada e hostil, e depois entra na sala das bebidas alcoólicas, atendendo o sino.

Era o capitão, Brynjólfur, que aproveitara a oportunidade quando todos estavam atentos a Þórunn e Helga, entrou na sala das bebidas alcoólicas, tocou o sino com muito cuidado e agora arrasta os pés inquietamente quando vê a expressão carregada de Gunnar. O chão estala por baixo dos enormes pés do capitão. Seria preciso um deus para derrotar Brynjólfur, dizíamos muitas vezes, porque ele resistiu a todo o furioso tempo do mar, quando o céu parece prestes a ser rasgado, as ondas se erguem dezenas de metros acima do navio, o ar se enche com um lamento enlouquecedor e tudo aquilo que não está preso desaparece borda fora, os homens são atirados de um lado para o outro no castelo da proa, que se enche com água do mar, e tudo está ensopado, e aí está Brynjólfur, firme como um rochedo naqueles pés gigantes, mãos no leme, sorrindo, rindo mesmo na cara do terror, gritando com prazer, disseram alguns, gritando com felicidade selvagem. Mas num tempo tão apocalíptico que ninguém consegue ouvir nada além do lamento enlouquecedor da tempestade, depois o som das ondas quebrando, batendo contra o navio, que balança de um lado para o outro, e os pescadores mais experientes colapsam com as ondas, choram de medo e desamparo lá embaixo no porão, mas Brynjólfur permanece ao leme com aquele sorriso maléfico. Aqueles que espreitaram do porão e o viram surgir brevemente no meio da espuma alegam que o seu rosto emana felicidade, uma expressão alegre e pagã, como disse certa vez um velho pescador. Mas é claro que uma coisa é permanecer inalterado diante das ameaças dos elementos e outra é ansiar por cerveja, ansiar tanto por cerveja que quase dói, e outra ter uma dívida considerável na loja e estar, por isso, completamente sujeito aos caprichos de Gunnar. Aquele Gunnar é indecifrável. Brynjólfur decide ser modesto: não seria ruim se você me arranjasse quatro ou cinco cervejas, meu caro Gunnar, ele diz, usando uma expressão terna e até compassiva para contrariar a voz que, por natureza, pouco tem de modesta. Para que quer cerveja?, pergunta bruscamente Gunnar, olhando com desprezo para o capitão. Brynjólfur ri de maneira hesitante, como se tivesse uma bomba frágil na mão, é uma boa pergunta, ele diz, e tenta ser amigável, o que faz um homem por cerveja!

O que faz um homem por cerveja; se ao menos o mundo girasse em volta de beber ou não cerveja, se ao menos fosse tão simples.
Ragnheiður lança um olhar vergonhosamente indisfarçável ao menino, como se o apalpasse com os olhos, e ele não faz ideia do que fazer com ele mesmo.
O que, por exemplo, deveria fazer com aquelas mãos, tão compridas e feias que constantemente se intrometem no seu caminho?
O que deveria fazer com aqueles olhos idiotas?
Ou com aqueles pés grotescos?
E quem é você?, pergunta Ragnheiður depois de ele ter

sofrido durante vários segundos, cada segundo cerca de cem anos. Pode haver curiosidade na sua voz, mas também muita malícia. O menino precisa reunir toda a sua coragem para olhar para o rosto de Ragnheiður, e é isso que faz, reúne coragem e olha para o seu rosto. Dois cachos morenos caíram perto das têmporas. Seus olhos são tão cinza quanto os rochedos em alguns lugares das montanhas, é difícil olhar para eles, mas também muito difícil ignorá-los. Ela é bonita, pensa o menino, surpreendido.

E ele está completamente certo.

Ragnheiður trabalha na loja há três anos, no começo, dissemos, sim, a filha de Friðrik, a menina dos seus olhos, a filha do imperador, mas isso rapidamente parou quando percebemos que, de certo modo, não era filha de ninguém senão de si mesma e que tomava decisões sem consultar o pai. Algumas pessoas tinham mais medo dela do que de Friðrik. Ela recusou fiado a pessoas em pleno inverno quando o frio penetrou nas casas e tudo aquilo que pode gelar gelou, líquidos e esperança, e toda a comida quase desapareceu, mas Ragnheiður se limitou a apontar para a grande dívida e para os débitos desnecessários: doces, cigarro e mais cigarros, aguardente, figos, ela gela a pessoa em questão até os ossos com os olhos. Sua voz pode ser afiada e pode cortar homens crescidos, endurecidos pelo mar, dos ombros até abaixo. No entanto, tem apenas vinte e um anos e a vida treme por vezes no seu interior.

O menino certamente tem uma sensação fria e dura dela, mas isso apenas o deixa encantado de um modo estranho e inexplicável. Rainha do mar polar, ele pensa, e se perde completamente nos seus olhos, esquece tudo exceto os seus olhos cinza como pedra na sua carinha, emoldurada pelo cabelo moreno. Ragnheiður se inclina um pouco para a frente e diz calmamente, você é mudo? A Geirþrúður quis arranjar um mudo porque já tinha um cego? O menino se sente corar, diz alguma coisa, seu idiota, manda a si mesmo, não há necessidade de passar por um completo idiota, embora seja isso que você é. Ele desviou o olhar, tendo ficado tão corado que parecia um tomate, mas então pousa os olhos no A Vontade do Povo, o nosso jornal, que está dobrado no tampo do balcão. AINDA PRESO NO GELO DO MAR BÁLTICO é o título de primeira página, O LAURA CONTINUA PRESO NO GELO COM PRODUTOS E ENCOMENDAS PARA A ISLÂNDIA. Completamente congelado com todas as cartas de estudantes em Copenhague, algumas tão escaldantes com saudades de casa e declarações de amor que sem dúvida seria suficiente deixá-las cair da proa para derreter o gelo e abrir as águas. Algo se remexe no coração do menino. Ele volta a olhar para os olhos cinzentos como pedra e diz, tão suavemente que Ragnheiður precisa se inclinar ainda mais para a frente para ouvir, simplesmente não sei quem sou. Não sei por que eu sou. E não tenho a completa certeza de que terei tempo para descobrir.

Por que raios disse aquilo?, ele pensa, confuso, e tenta não olhar muito para os seios brancos que se revelam parcialmente quando ela se inclina para a frente. Ragnheiður se endireita, há um vestígio de incerteza no seu rosto, mas então a ponta da sua língua aparece de forma inesperada entre os seus lábios, vermelha e brilhante de umidade.

Uma ponta de uma língua que surge desse modo parece transportar consigo uma mensagem do interior, do interior da escuridão do corpo.

Caramba, o menino pensa.

Os olhos cinza como pedra correm lentamente, muito lentamente pelo seu corpo abaixo. Os olhos são mãos invisíveis que acariciam, apalpam, tocam, encontram. Depois, ela sorri. É um sorriso deliberado, malicioso, mas que parece tremer um pouco, quase invisivelmente, quando ela diz, você deveria arranjar alguma roupa decente. E você deveria se endireitar um pouco, e então falarei melhor com você. Mas não se atreva a tentar me cumprimentar na rua!

Então, não há nada entre eles além do balcão.

O menino tinha, sem perceber, se aproximado mais, querendo descobrir como ela cheirava, o seu odor, somos mais corajosos quando não pensamos em nada, a hesitação, o nervosismo chegam com o pensamento. Ele é como um animal e se aproxima tanto dela que consegue ouvi-la respirar. A ponta da sua língua volta a aparecer por um momento, uma mensagem para ele vinda da escuridão, então ela dá um passo atrás, seus olhos se tornam frios e maliciosos e entre eles se erguem icebergs gigantes.

# 10

Þórunn é uma boa pessoa e é uma companhia preciosa para Geirþrúður e para mim, diz Helga ao se afastarem da loja, ela com um saco, ele cheio de pacotes, grato pelo peso, aquele que carrega um fardo consegue se esquecer no esforço, repousar a mente e enquanto isso a incerteza não o despedaça. Incerteza sobre a vida, sobre o que virá, sobre ele mesmo e agora também sobre Ragnheiður, aquela moça com os olhos cinza como pedra, a ponta da sua língua, os seus seios, incompreensivelmente encantadora na sua malícia e frieza, fria como um bloco de gelo, por que é que tinha de me apaixonar por um iceberg? Uma boa pessoa e uma excelente companhia, diz Helga de Þórunn, e parece prestes a acrescentar algo, talvez dizer ao menino algo sobre essa Þórunn, e o menino se admira porque Helga se tornou muito aberta, quase tagarela, mas ouvem então passos pesados que se aproximam, é bom carregar algo pesado, diz uma voz obscura e sonora, e Brynjólfur passa pelo menino e dá-lhe uma forte palmada no ombro. O capitão tem três garrafas de cerveja nos bolsos e a vida é, portanto, bastante boa. Quatro ou cinco garrafas seria naturalmente melhor, mas Gunnar estava tão resmungão e mal-humorado que teria sido uma péssima ideia pedir mais. Brynjólfur cumprimenta animadamente Helga e está prestes a passar por ela, mas ela para o gigante ao esticar a mão, ele parece ficar inquieto, enfia instintivamente a mão no bolso procurando uma cerveja, abre a garrafa e bebe um gole. Você não deveria estar a bordo do seu navio já há muito tempo, preparando-o para partir, diz Helga mais em tom de afirmação do que de pergunta, os outros capitães já têm os seus preparativos prontos, mas o seu navio ainda está ali na praia enquanto você passeia nas lojas e bebe cerveja, isso não é muito respeitoso com o Snorri. Brynjólfur levanta um dos braços, com muita força, uma força enorme, mas também consegue erguê-lo gentilmente, e então a sua mão aberta é como um sorriso de desculpa. Helga bufa e Brynjólfur diz, com um pouco de entusiasmo, começo hoje, minha querida, começo hoje! Gostaria que você mantivesse a sua palavra, ela se limita a dizer e se afasta com o menino logo atrás. Brynjólfur pisca para ela, bebe outro gole de cerveja, se encaminha primeiro para outra direção mas depois vira para outra rua, o menino e Helga continuam em direção à casa de Geirþrúður, ele feliz por poder transportar tanto peso, tentando não pensar mais em Ragnheiður, nos seios que se estendiam para ele quando ela se inclinou para a frente, na ponta da sua língua brilhando úmida, nos olhos cinza como pedra, frios e repulsivos mas, ao mesmo tempo, tão encantadores. Ela é um enorme iceberg, um enorme iceberg com ursos-polares que me desfazem e me comem, mas, quando, por fim, consegue afastá-la dos seus pensamentos, surgem as questões sobre a vida, sobre se deveria viver, e então por que e se merece viver.

Ah, a incerteza é uma ave que guincha sobre a sua cabeça.

Agora, vamos deixá-lo simplesmente sozinho, apenas por um momento, e talvez por mais um momento. Vamos deixá-lo sozinho com o seu fardo, em paz, e seguiremos, em vez disso, esse capitão, Brynjólfur, enquanto se dirige para a loja de Snorri, passando agradavelmente o seu tempo.

Uma pessoa que leva consigo três cervejas não tem muita necessidade de se apressar neste mundo.

# 11

Se se seguir o caminho mais curto da praça Central à loja de Snorri e sem divagar, o percurso deverá demorar cerca de cinco minutos. Mas isso é, claro, desnecessariamente muito pouco tempo agora, porque é muito bom beber cerveja, absoluta e incrivelmente bom, o que há pouco tempo era difícil e inalcançável torna-se uma brisa. Agora, começarei a preparar o navio, diz a si mesmo Brynjólfur, diz em voz alta, informa o mundo dessa sua decisão, dá um soco no peito, uma grande pancada, faz isso para bater no peito e para se encorajar. Primeiro, irá encontrar com Snorri, organizará as coisas com ele, farão planos, aproveitarão o momento juntos, talvez brindem com uma bebida forte, depois ele irá até o navio com uma lanterna, vai acordá-lo do seu profundo sono de inverno, passará os seus momentos com ele e acordará a tripulação de manhã. Sim! Brynjólfur volta a se socar no peito, alegremente, triunfantemente, o único capitão que ainda não começou a preparar o seu navio para a época de pesca, os outros estão muito adiantados e prestes a partir, mas o navio de Brynjólfur e do comerciante Snorri ainda está parado perto da praia, está lá toscamente parado, como um pássaro que não consegue voar. Brynjólfur não olhou uma única vez na sua direção, apesar de Snorri ter insistido duas vezes, no seu modo hesitante e apologético, completamente inútil para pessoas persuadíveis, o que não é bom porque a sua loja anda instável, as dívidas ultrapassam o que entra de dinheiro. Aqueles que devem dinheiro são sobretudo trabalhadores normais que vivem na velha vizinhança, pescadores, rendeiros, um ou outro agricultor. Alguns têm dificuldade em pagar, enquanto outros talvez não se esforcem muito para isso e consciente ou inconscientemente se aproveitem da indecisão e da gentileza de Snorri que muitas vezes ele tenta suprimir, embora com pouco sucesso; a gentileza numa pessoa pode invocar a maldade noutras. Snorri passa os seus melhores momentos num velho e cansado órgão, e também se sente bem quando canta na igreja na véspera de Ano-Novo, no domingo de Páscoa, no São João, quando canta em honra da luz, como o chama o reverendo Þorvaldur, e aqueles que devem dinheiro a Snorri, alguns com dívidas de muitos anos, sentem-se um pouco envergonhados, mas é uma dor que a vida cotidiana apaga. Snorri confia na pesca do navio, Brynjólfur sabe disso muito bem, e talvez seja por isso que bate pela terceira vez no peito ao descer a rua da Escola, sabe que deveria há muito ter começado a preparar o seu navio, chama-se A *Esperança*, um nome bonito e brilhante, um navio com quinze anos que Snorri comprou novo na Noruega. Chamava-se inicialmente *Jón Sigurðsson*, em honra do herói da independência islandesa, mas então Snorri mandou içá-lo até a beira da praia e mandou que Bjarni, o pintor, pintasse A *Esperança* em vermelho na proa. Alguns dias antes, a mulher de Snorri entrara a bordo do *Thyra* para o sul, para Reykjavík, com uma doença tão avançada que teve de ser carregada a bordo. É claro que Snorri foi com ela, mas precisou voltar aqui para oeste no barco seguinte para manter a companhia funcionando sem problemas.

E passaram-se meses.

Jens, então recentemente nomeado carteiro inter-regional, entregava cartas dela, mas estas tornaram-se cada vez menos frequentes à medida que o verão avançava, a caligrafia mais fraca e menos legível. Snorri olhava para as palavras retorcidas e inacabadas, sendo a caligrafia trêmula uma testemunha da decrescente vitalidade da sua esposa. "Ah, agora é um pouco difícil", escreveu ela numa carta no início de agosto, as primeiras palavras de reclamação que ela proferia, "às vezes acordo com as mãos frias dentro de mim. São mais frias do que gelo, e se aproximam mais do meu coração a cada dia que passa. Querido Snorri, se se der o pior, se Deus me chamar para perto dele, você precisa ser forte. Não se deixe abater. Pense nos nossos meninos. Confio que você irá mandá-los para a escola, como sempre planejamos... mas agora não consigo mais escrever... meu querido marido." Ou ele pensou ter visto essas palavras no fim, "meu querido marido", embora, ao certo, fosse muito pouco provável que ela se exprimisse tão abertamente, que exibisse o seu afeto com palavras tão nuas. Snorri se trancava no escritório para que pudesse chorar sem correr o risco de alguém ver. Faltavam duas semanas para que o barco que percorria a costa parasse ali em direção ao sul e Snorri não conseguia esperar tanto, a vida não era assim tão longa, homens bons emprestaram a ele dois cavalos e ele partiu a galope, atravessou em linha reta o fiorde e subiu ao vale de Tungudalur, os cavalos animados, fortes, mas ele como um grito de desespero nas costas de um deles.

Se Deus me chamar para perto dele.

Snorri voltou um mês depois. Era setembro. Ele foi pego por um tempo de inverno nos pântanos, mas desceu o vale com um sol radiante e pássaros cantando, um tempo perfeitamente calmo e com quinze graus, devolveu os cavalos, agradeceu aos animais ao colocar os braços em volta dos seus pescoços, e os cavalos esfregaram as suas grandes cabeças contra o comerciante, depois ele foi para casa para tratar da criação dos meninos e da gestão da loja. Durante muito tempo, ninguém se atreveu a falar sobre algo a não ser sobre coisas banais e sobre aquilo com que a linguagem conseguia lidar facilmente, sobre peixe, a loja, o tempo. Aqueles que se aproximavam de Snorri eram sobretudo os que se interessavam por música e que conseguiam se conectar a ele por isso, mas isso não era muito. Jens claramente sabia alguma coisa mas sentiu que era inútil espalhar isso, e as pessoas perceberam depressa que poderia ser perigoso pressioná-lo nesse assunto, seu rosto obscurecia e os grandes punhos se fechavam, e as pessoas se apressavam em mudar de assunto. Não temos, portanto, certeza a respeito de alguns pequenos detalhes; tudo o que sabemos é que Deus seguramente a chamou para perto dele. Alguns sem dúvida têm ouvidos para a sua voz, enquanto nós, que andamos por aqui, mortos, mas ainda vivos, escutamos e escutamos, mas nunca percebemos nada. Mas Deus falou com ela. E depois pousou a mão sobre a sua barriga, onde a dor era pior e as mãos mais frias, e quando Snorri chegou a Reykjavík, exausto e privado de sono em cavalos estafados, sua esposa Aldís recebeu-o de boa saúde, sem dores e com uma luz especial irradiando dela. Snorri estava, na verdade, um pouco cansado dela, algo intransponível se erguera entre eles e nada foi como era antes. Snorri tentou tudo o que conseguiu para levá-la de volta para casa, mas o que é a palavra de um homem quando Deus falou? Três semanas depois, ele cavalgou de volta para casa, mas Aldís navegou para Copenhague e começou a fazer o trabalho que lhe fora ordenado por Deus.

    Jens entrega duas cartas de Aldís por ano. Não passam pelas mãos do dr. Sigurður, porque Jens as entrega em mãos a Snorri, e essas cartas escritas friamente estão cheias de uma luz divina que ilumina o rosto do comerciante e a barba que se tornou bastante grisalha. Mas toda luz provoca sombras, é assim que as coisas são, e é à sombra da luz de Deus que Snorri vive, porque, em vez de ser feliz e de celebrar, tem saudades de Aldís e sente uma amargura em relação a Deus por tê-la afastado dele. Ele espera que a sua ingratidão seja grandiosa e pecaminosa, arderei no Inferno por causa disso, ele pensa, por vezes, com remorso. Snorri toca órgão quase todos os dias, Bach, Chopin, Mozart, mas também algumas canções esporádicas nascidas dos remorsos e da culpa. A música é diferente de todo o resto. É a chuva que cai no deserto, o sol que ilumina os corações, e é a noite que conforta. A música une as pessoas, por isso Snorri nem sempre está sozinho quando toca órgão, puxa os fios sobre as teclas de um velho teclado, a sua nota mais alta tão aguda que consegue romper corações. Benedikt está com ele muitas vezes, vocês se lembram, o capitão que dá o sinal de partida, a vigilante espera na costa com trezentos pescadores em volta. E há outros que vão encontrar com Snorri por causa da música, mulheres e homens, mas uma pessoa pode estar sentada com muita gente em torno e, ainda assim, estar só; é sobretudo para os seus meninos que Snorri vive. São eles a esperança que o mantém à tona, ambos na escola, um prestes a terminar e com intenções de se tornar pastor, o outro quer ir mais além, para Copenhague, para estudar ciências veterinárias, vivem com o seu pai durante os verões e ele então redescobre a felicidade, e é por causa deles que se esforça na loja, trava uma luta cansativa para manter as coisas funcionando, custa caro educar os meninos, as meninas são mais baratas no que diz respeito a educar e nisso têm menos oportunidades, têm poucas oportunidades no geral e perdem a sua liberdade simplesmente por se casar.

\* \* \*

Brynjólfur estremece ligeiramente. Não, no entanto, por causa das meninas, das suas oportunidades limitadas, mas por causa da responsabilidade que tem, e por causa dos seus remorsos, dois pássaros pousados nos seus ombros e que enterram as garras bem fundo na sua carne. Mas agora tudo está melhorando, sem dúvida! Três ou quatro horas depois terá descido com a sua lanterna até o A *Esperança*, terá começado a falar com o navio, começado os preparativos. Amanhã acordará a tripulação impaciente e depois disso não haverá preguiçosos! Brynjólfur está contente, começou a sua segunda cerveja e sente a terceira garrafa no seu bolso direito, vou beber esta em breve, ele pensa com um sorriso, e passa pela escola que os irmãos Jón, o marceneiro, e Nikulás, o carpinteiro, a quem chamavam Núlli, construíram no seu tempo, um edifício alto e bastante estreito, com três grandes janelas na fachada do andar superior, tão grandes que parece que o edifício abre eternamente os seus olhos com espanto. A escola deveria ter apenas um piso, mas não somos bons em seguir acordos, além disso, Núlli e Jón acharam imensamente divertido construir a escola, os dois sonharam em ir à escola na sua juventude e diziam muitas vezes um ao outro: agora estamos construindo para as crianças, agora estamos construindo para o futuro, o seu mundo deveria ser melhor do que o nosso, e por causa disso acrescentaram outro piso. É ligeiramente mais estreito e é um pouco como se o edifício não apenas tivesse arregalado os olhos, mas também inspirado profundamente. A câmara municipal não concordava incondicionalmente com as suas ideias e usava a falta de dinheiro como uma desculpa, mas os irmãos ainda tinham todo o dinheiro que haviam recebido por construir a torre de Elías, o norueguês, um prédio enorme localizado na praça Central, fora a primeira vez que tinham recebido dinheiro vivo e o guardaram em casa, e nenhum deles teve coragem de gastá-lo nem encontrara um motivo suficientemente decente para isso. Então, começaram a construir a escola, e encontraram aí uma ideia que valia a pena. Além disso, também tivemos um golpe de sorte: um navio que transportava madeira norueguesa encalhou não muito longe daqui, quando vinha a caminho de Akureyri. Procurara abrigo por causa de uma tempestade, tentou a sua sorte nos fiordes, essas gigantescas mandíbulas que se abrem no mar polar, e nunca conseguiu sair de novo. Dois tripulantes se afogaram, seus cadáveres nunca foram encontrados e, portanto, foram adicionados ao grande grupo de pescadores que vagueiam no leito marítimo, falando uns com os outros sobre a rotina fastidiosa do tempo, à espera da última chamada que alguém lhes prometera em tempos antigos, esperando que Deus os erguesse, os pescasse com a sua rede de estrelas, os secasse com o seu hálito quente, permitindo a eles que caminhassem com pés secos no Paraíso, onde nunca se come peixe, dizem os afogados, sempre assim tão otimistas, ocupam o tempo olhando para os barcos lá em cima, exprimem admiração diante dos novos equipamentos de pesca, amaldiçoam o lixo que as pessoas jogam no mar, mas, muitas vezes, choram de arrependimento pela vida, choram como pessoas afogadas, e é por isso que o mar é salgado.

Foi, é claro, muito ruim que esses homens tenham se afogado, mas a madeira do navio foi uma bênção que provavelmente poderia ser usada para o andar superior da escola básica.

Núlli morreu no preciso momento em que enfiou o último prego, pumba!, ouviram quando martelou o prego, pumba!, ouviram seu coração e depois mais nada ouviram de Núlli. Ele tombou lentamente para a frente, sua testa tocou no flanco do edifício junto ao prego que estava meio para fora e ainda está, em memória de um bom carpinteiro, um homem nobre, tão alto que não conseguimos pendurar nada nele, exceto gotas de chuva e teias de aranha. Não se pode dizer muito sobre a vida de Núlli, passou sem nenhum grande acontecimento, não havia muitas histórias sobre ele e não seria muito fácil escrever o seu obituário, mas sentimos o vazio muito depois de ele ter desaparecido. Seu irmão Jón ficou naturalmente desanimado, eles não eram casados, se davam muitíssimo bem e viviam juntos, os dois sozinhos, desde que seus pais tinham morrido. Encontrávamos, por vezes, Jón chorando no meio da rua ou com o martelo na mão sobre algum trabalho parado. Isso era aflitivo e nos sentíamos completamente desorientados. Nos limitamos a observar o modo como se afastou, quase se transformando num vagabundo por causa da mágoa e do arrependimento e da solidão. Não é exagero dizer que ele estava a caminho da indigência quando Gunnhildur, que tivera um filho do reverendo Þorvaldur, vocês se lembram da sua noite juntos em que ele não despiu a batina, foi ver Jón no depósito de lixo em que a casa dos irmãos se tornara.

Bem, caro Jón, ela disse, nós dois somos certamente órfãos neste mundo, eu luto com uma criancinha com quem o miserável de batina se recusa a ter algo a ver, não tenho ninguém que me apoie e ninguém com quem falar à noite, quanto mais qualquer outra coisa. E aqui está você sozinho, com o seu bom coração. Você consegue ser um trabalhador verdadeiramente esforçado, mas é horrível olhar para você agora. Penso que está se estragando com a solidão e os remorsos. Não existe vergonha nisso, mas é também completamente desnecessário. Olha, sem dúvida poderíamos continuar nos nossos caminhos separados, eu sobreviverei, não de modo elegante, mas me arranjarei, e não farei com que o meu filho sinta vergonha, mas não será fácil nem bonito. Por outro lado, você, caro Jón, não vai se virar sozinho durante muito tempo, é assim que você é. Um trabalhador fantástico e uma joia de homem, mas extremamente sensível. Deus te deu um coração bom e bonito mas se esqueceu completamente de endurecê-lo. Você está perdendo tudo, em breve vai perder a casa, em breve vai perder a sua independência, por fim, vai perder a própria vida. Por que deveríamos deixar que isso aconteça, qual, me pergunto, seria o objetivo disso? O que você me diz, caro Jón, sobre me mudar para cá... Gunnhildur olhou em volta, Jón estava sentado numa cadeira estragada e não conseguia desviar o olhar do rosto dela, das suas inúmeras sardas... para esse seu buraco, e vamos fazer dele uma boa casa? No que se refere a amor, não há, naturalmente, nada a dizer, uma vez que mal nos conhecemos, mas tenho a certeza absoluta de que no futuro passaremos a gostar um do outro, e isso não é, como você sabe, pouca coisa. Sinto de maneira intensa que eu passaria facilmente a gostar muito de você, você é um homem maravilhoso, e eu poderia esquecer de mim por completo ao olhar para o azul dos seus olhos! Por outro lado, não sou nem de longe tão boa quanto você, sou, na verdade, um maldito conjunto de defeitos, mas não completamente má, e sou uma trabalhadora muito boa e brutalmente honesta. O que você me diz disso, caro Jón? Eu poderia ser a proteção em volta do seu coração. O meu menino não foi batizado, o reverendo Batina Esfarrapada não anda atrás de mim por causa disso, imagina só, mas eu tive subitamente a ideia de que Nikulás seria um nome excelente para o menino, e depois Jónsson, se você estiver interessado. Aliás, você não tem café para nós, eu faço, você sabe como pode ser bom pensar com uma boa xícara de café nas mãos, não estou acostumada a falar tanto, aliás, penso que estou um pouquinho nervosa, sim, já vejo o café, ali está ele.

Pouco depois, a casa cheirava a café. Jón, o marceneiro, beijou-a na boca, ela começou imediatamente a arrumar a casa e depois foi buscar a criança que estava com a sua amiga. Você não consegue dormir?, perguntou, nessa noite, Gunnhildur, acordara com o choro da criança, reconfortou-a, embalou-a para dormir e reparou então que Jón estava completamente acordado, ali deitado com os olhos arregalados, mal se atrevendo a pestanejar, você não consegue dormir? Não, na verdade, não, ele disse em tom de desculpa. É por causa da criança, você quer que durmamos na sala, vamos para lá imediatamente! Ela arrancou o cobertor e estava quase fora da cama quando Jón pousou a sua mão de marceneiro desgastada pelo trabalho cuidadosamente no seu ombro, não, ele disse timidamente, não vá.

Brynjólfur treme. Ele se perdeu, se encostou em um poste de rua, olhou para a escola e deixou a sua mente divagar, o ar está gélido, e é frio permanecer ali parado durante muito tempo. O poste também se apaga. Bárður, o guarda-noturno, cuida dos postes à noite e apaga-os quando já não há necessidade da sua luz. Não existem tantos postes na aldeia, há grande distância entre eles. São, na verdade, como a vida: alguns momentos brilhantes separados por dias escuros. Brynjólfur treme, limpa a garganta, cospe e segue o seu caminho. Uma criança tosse numa casa próxima, uma tosse longa, profunda, comporte-se, Deus, e proteja essa vida, reza Brynjólfur, e depois cumprimenta e sorri para duas governantas que caminham na sua direção com baldes de água a caminho do poço, acreditando que o guarda-noturno Bárður cumpriu o seu dever e quebrou o gelo da tampa do poço durante a noite. Brynjólfur fica tão incompreensivelmente contente por ver as duas mulheres que para, abre os braços, transforma-os num abraço grande o suficiente para ter espaço para ambas, se eu não fosse casado, ele diz, beijaria vocês duas e depois casaria com vocês! As duas mulheres sorriem perante as suas palavras e por causa do gargalo da garrafa que sai do bolso do capitão. Você é homem o bastante para servir duas mulheres?, diz uma delas, é Bryndís, ela perdeu dois maridos no mar e está criando três filhos, se você soubesse, diz Brynjólfur, e ri e leva as mãos às virilhas, sim, diz Bryndís, mas não é só o tamanho que conta, a outra dá risadinhas e depois elas passam por ele.

Brynjólfur se vira para vê-las caminhar ao longe. Bryndís é quase uma cabeça mais alta, uma combinação de nobreza, gentileza e tensão no modo como caminha, amo-a, pensa, surpreendido, Brynjólfur, e pousa ambas as mãos com firmeza sobre o lado esquerdo do peito, como se para impedir que o coração saia pela caixa torácica e persiga Bryndís, o coração que ao mesmo tempo bate apenas por Ólafía, a sua mulher, vivem juntos há tantos anos que Brynjólfur não quer nem pensar nisso, então observa Bryndís ajoelhando-se e retirando a tampa do poço. É tão doce olhar para aquela mulher, talvez a melhor coisa que existe nesta vida. Mas ela termina de encher os baldes, sorri para Brynjólfur e desaparece, o momento passou.

Brynjólfur tira a tampa da última garrafa, vira na rua da escola para a antiga alameda, entrando, portanto, no antigo bairro. Muitas das casas mais velhas da aldeia estão nessa área, casas de madeira de tamanhos variados dos finais do século XVIII. Os habitantes do bairro são na sua maioria simples pescadores ou trabalhadores, alguns com galinhas irritadas nos quintais, e em alguns lugares as casas estão tão densamente agrupadas que quase tocam umas nas outras. Aqueles que navegaram até outros países, viram outros mundos e acordaram por baixo de céus estrangeiros, rodeados por outras línguas, dizem que, no máximo, o velho bairro se parece com cidades estrangeiras com suas inúmeras travessas apertadas e tortuosas. As pessoas de classes superiores preferem, por outro lado, evitar o bairro, e isso causou uma grande admiração, se não mesmo escândalo, quando o professor Gísli, o irmão do feitor Fríðrik e do pastor Þorvaldur, investiu numa casinha lá e se mudou; o velho bairro não é, de todo, considerado adequado para um professor, muito menos para um homem de uma família importante. Mas Gísli lia poesia francesa e alguns poetas franceses são meio tolos, recomendam todo tipo de coisas duvidosas, e é provavelmente por isso que Gísli nem sempre segue os caminhos bem percorridos. Uma vez, ele e Brynjólfur beberam juntos; uma vez, acabaram no Bífröst, o café gerido por Marta e Ágúst, a que todo mundo chama Sodoma e que está localizado nos limites do velho bairro, próximo da praia, lá embaixo. É bom vir aqui, é horrível estar aqui, dissera Gísli depois que ele e Brynjólfur passaram a noite bebendo no café, a fraca luz da manhã entrou pela pequena janela e Marta estava completamente bêbada nos braços do professor.

Brynjólfur bebe a sua cerveja, anseia muito por esvaziar a garrafa de uma só vez, mas se obriga a esperar, é bom ter alguma disciplina, ele murmura, depois começa a pensar em Bryndís. Talvez a ame? Brynjólfur se sente ao mesmo tempo surpreendido e comovido com esse pensamento. Ela é tão determinada, tão forte, ninguém entende como sobrevive, sozinha com três crianças. O juiz Lárus pensou, certa vez, em separar a família, mas ela conseguiu, de algum modo incompreensível, afastar essa ameaça. Por vezes, parecia que havia algo sobrenatural em Bryndís, algo que atraía sobre ela a atenção dos outros e que confundia os homens menos prováveis.

O segundo marido de Bryndís estava num barco com o seu irmão e o seu pai, que Brynjólfur conhecia bem, eram amigos de infância, e agora ele está morto. A memória dele faz Brynjólfur estancar, os amigos de infância são insubstituíveis, é por isso que Brynjólfur se sente obrigado a terminar a sua cerveja. Há, muitas vezes, um tipo de céu límpido acima de amigos de infância, luz e inocência. Brynjólfur suspira por causa das suas recordações e por sua cerveja ter terminado. Encostou-se na cerca da pequena casa de madeira com a sua pequena edícula que poderia ser qualquer coisa, realmente, um depósito, uma oficina, quartinho de instrumentos, ele sabe que as pessoas que vivem aqui, um pescador num dos navios e a sua mulher, eles têm cinco filhos, discutem sem parar e amaldiçoam um ao outro, ninguém sabe o que os mantém unidos, mas provavelmente nunca entenderemos essa cola que consegue unir duas pessoas diferentes durante toda a sua vida, tão poderosa que nem mesmo o ódio consegue separá-las. Brynjólfur olha para a sua garrafa de cerveja, Gammel Carlsberg, está tão desesperadamente vazia e já faz desesperadamente tanto tempo desde que era uma criança. Brynjólfur olha para os seus pés e murmura, andem vocês dois, eles obedecem, relutantemente, ele caminha devagar e pensa no seu amigo e na sua filha, Bryndís, que perdeu todos num minuto. Marido, pai e irmão. Seu pai era o capitão, e não estava um tempo particularmente ruim, ventoso às vezes, e, quando o barco foi visto pela última vez, tinha a vela desfraldada, seu pai estava colocando as linhas de pesca, uma ventania pegou provavelmente pela vela e virou o barco num instante. Um vento que sopra apenas para afogar seis pescadores. Eles colocam linhas de pesca, cada um com os seus próprios pensamentos e um anseio comum por peixe, o barco se ergue e cai calmamente e então eles estão no mar e nenhum deles consegue nadar, as recordações se reúnem enquanto eles batem na água à sua volta como se para se agarrar a alguma coisa, porque, embora as recordações sejam preciosas, não nos mantêm próximos da superfície no mar, não nos salvam do afogamento. Mas quem o capitão deveria tentar salvar, seu filho ou seu genro, ou apenas ele próprio? Ele hesita e, nessa hesitação, se afoga.

Brynjólfur caminha devagar pelas ruas estreitas do velho bairro. Pensa em visitar de surpresa Gísli, ouvira que o professor andava num dos seus devaneios alcoólicos, mas quando Brynjólfur se aproximou da casa de Gísli mudou de ideia e continuou sua caminhada. Queria estar sozinho e começou a caminhar entre a neve, passagem difícil, Lúlli e Oddur não tinham começado a remover a neve dali, deixam sempre aquele bairro para o fim, aqueles que têm menos influência são muitas vezes deixados por último. Uma luz opaca acima das casas e em volta de Brynjólfur, como se o ar fosse um pouco espesso demais ou estivesse ligeiramente sujo, ele pensa na sua vida.

Quem entende a existência?

Antigamente tudo era mais fácil, mas agora tudo se tornou tão horrivelmente pesado e não é assim tão agradável existir. No entanto, as coisas eram mais difíceis aqui antes, ele e Ólafía não tinham muito dinheiro, mas tinham três filhos que estavam muitas vezes doentes, ele ficava sentado, noite após noite, com um ou outro deles nos braços, escutando ansiosamente a respiração irregular da criança, e tentava com desespero afastar a morte dos seus corpos pequenos e frágeis. Funcionou, de algum modo, todos eles sobreviveram, as duas meninas e o menino, Jason, que, para tristeza do seu pai, se recusou a ir para o mar. A única vez em que Jason velejou foi quando seguiu com a sua irmã mais nova e o namorado dela para a América, dez anos antes, vocês deveriam mudar para cá, eles dizem em quase todas as malditas cartas, aqui é muito melhor e seria certamente bom deixar que o sol brilhasse sobre os seus ossos velhos e cansados. Os meus ossos não estão nada cansados, Brynjólfur murmura consigo, vai, ele diz com desprezo a Ólafía na sua mente, será bom me ver livre de você!, mas morde a língua ao mesmo tempo. Por que não é mais agradável olhar para ela? Antes a vida consistia em acordar ao seu lado, sentir o seu corpo robusto, descansar o braço sobre os seus grandes peitos, então, talvez simplesmente abraçá-la e dizer algo, algo vindo do nada, e ela dizia algo parecido, era tão bom.

Então para onde foi a alegria?

Bryndís, ele suspira meigamente, tenta dizer esse nome em voz alta, como se para o confiscar, descobrir o seu sabor. Ah, quão agradável seria voltar a amar, então tudo seria brilhante. Bryndís. É bom dizer esse nome, ele o deixa sair e o ar treme ligeiramente.

Não, não é possível compreender o amor. Nunca chegamos ao cerne dele. Vivemos com alguém e somos felizes, há crianças, serões sossegados e muitos acontecimentos bastante vulgares mas bons, por vezes, pequenas aventuras, e nós pensamos: é assim que a vida deveria ser. Então, conhecemos outra pessoa, a única coisa que acontece talvez seja ela piscar o olho e dizer algo perfeitamente normal, no entanto, estamos acabados, completamente indefesos, o coração bate, incha, tudo cai exceto essa pessoa, e alguns meses ou anos depois, começaram a viver juntos, o antigo mundo desapareceu mas um novo surge; por vezes, um mundo precisa morrer para que outro possa existir.

O sorriso de Brynjólfur se desvanece um pouco quando pensa em Ólafía. Ela olha por vezes para ele com aqueles seus grandes olhos que lhe lembram os olhos de um cavalo triste, iria arrasá-la completamente se me juntasse a Bryndís. Brynjólfur ficou outra vez triste, continua a sua caminhada, vagueia pelo antigo bairro, triste com a sua vida, por já não sentir prazer nenhum ao tocar em Ólafía, não porque os seus grandes peitos tenham perdido a firmeza, não porque o seu corpo pareça ter se tornado mais grisalho, não, é algo completamente diferente, ele simplesmente não sabe o que é e a incerteza é uma força destrutiva. Muitas vezes ele fica muito furioso quando os olhos de cavalo triste o seguem pela casinha, é por isso que saiu correndo cedo naquela manhã, bebeu o seu café matinal tão depressa que queimou a língua e ela ainda está sensível, murmurou algo sobre ter coisas para fazer, teve de sair depressa antes que a fúria surgisse à superfície com palavras feias e que machucam, correu para fora mas não conseguiu pensar em nada para fazer exceto vaguear na loja de Tryggvi, falando sobre coisas sem valor, examinando produtos que não lhe interessavam mas sobre os quais sabia tudo, nada para fazer exceto ler um exemplar do A *Vontade do Povo* que Gunnar lhe emprestou. Leu o jornal com cuidado, embora nada tenha atraído a sua atenção além de um anúncio que dizia, "Perdi na rua um porta-moedas com vinte coroas em moedas de ouro, vários centavos de prata e cobre e um anel de ouro, pede-se que quem o encontrar entregue o porta-moedas, por favor, na tipografia, para receber uma recompensa justa". E Brynjólfur pensara, com os diabos, seria bom encontrar o porta-moedas, guardar o dinheiro, então poderia comprar muita cerveja e uísque sem precisar escrever nada, mas não, não sou capaz de tanta desonestidade, sou tão fraco, e, além disso, as pessoas perguntariam, onde arranjou esse dinheiro?, e qual seria a resposta? Brynjólfur caminha sobre a neve nas estreitas travessas do velho bairro e está triste. Talvez devesse colocar este anúncio no jornal:

*Perdi aqui nas ruas da vila o sentido da vida,*
*a bênção do sono,*
*a alegria entre mim e a minha mulher,*
*o meu sorriso e a antecipação ansiosa.*
*Pede-se que quem os encontrar entregue na tipografia,*
*para receber uma recompensa justa.*

De repente, ele está em frente à loja de Snorri.
Droga.
Não era para acontecer tão rapidamente. Ainda havia ruelas não percorridas no antigo bairro, e ele ainda tinha várias coisas em que pensar. Eu deveria ter ido visitar o Gísli, agora estaria lá sentado, bêbado e contente, pensa Brynjólfur, e olha com a fisionomia carregada para a casa de telhado baixo e bastante comprida, a loja do Snorri, diz ao lado, letras douradas num quadro marrom, cores apagadas, vida apagada. A casa se estende ao lon-

go do campo de Hansen e é demasiado tarde para que Brynjólfur dê meia-volta, os ajudantes da loja já o viram e acenam para ele alegremente, pai e filho, Björn e Bjarni. Temos sempre dificuldade de lembrar qual é qual e muitas vezes precisamos adivinhar quando falamos com eles, não ajuda o fato de serem tão educados ou tímidos que em vez de nos corrigirem se limitam a responder aos nomes pelos quais os chamamos. Brynjólfur tem uma memória excelente e tem, naturalmente, tanta interação com eles que os nomes não lhe causam problemas, exceto quando já está tocado pela bebida, e então muito na sua memória começa a rodopiar, e na vida também, na verdade, e as três cervejas deixaram-no um bocado tocado, ele entra e diz simplesmente, olá, pai e filho.

Não há tanto espaço entre as paredes quanto na loja de Tryggvi, não, isso é como comparar uma colina e uma montanha. O chão range por baixo do capitão, que alcança o balcão em poucos passos, pai e filho usam casacos escuros que Snorri tinha mandado fazer para eles quando o mundo ainda era um lugar mais alegre. A loja está desolada depois do inverno, e muito do que foi levado nunca será, desnecessariamente, pago. Muitos dos clientes são do velho bairro e alguns deles olham primeiro para Snorri quando as suas dívidas se tornaram assustadoramente altas nas lojas maiores, e as pessoas de lá não culpam os que se fizerem algumas das suas compras na loja de Snorri. Os comerciantes sabem como são as coisas, que, quando o verão chega com peixe e muito trabalho, as pessoas tentam primeiro acertar as contas com as lojas maiores e negligenciam Snorri. Onde está Snorri, Brynjólfur pretende perguntar quando chega ao balcão, o ranger do chão parou, o chão deixou de reclamar, mas então ele ouve as notas suaves do órgão que chegam da casa de Snorri na outra ponta do prédio. Snorri está sentado ao órgão, com as partituras abertas, um alegre Mozart cuja intenção era a de animar a manhã, a de inculcar otimismo ou, antes, de içá-lo das profundezas, mas o comerciante conseguira apenas tocar até o fim da primeira página e não conseguira avançar mais, não hoje, demasiado longe para Mozart, o oceano e metade da Europa entre eles. Assim, Snorri fechou os olhos e deixou que os seus dedos divagassem, seguissem a partitura no seu peito e a escuridão sai do órgão, penetra nas paredes de madeira. Isso não parece, porém, ter grande efeito em pai e filho, sorriem animadamente ao capitão, ou olhando de baixo para ele, encostam apenas no seu queixo, e ele olha para baixo para as nucas. O cabelo do filho é ralo no cocuruto, mas há um pedaço notoriamente calvo no do pai, trabalha na loja desde o começo, ambos tão fiéis que salários incertos não são preocupantes para eles, o filho deve estar próximo dos trinta anos e ainda mora com os pais. Pai e filho dão muitas vezes um passo para trás quando alguém entra, educação instintiva. Torfhildur, a esposa e mãe, muitas vezes senta com eles atrás do balcão, ajudando quando necessário, mas, fora isso, está fazendo alguns trabalhos manuais, tricotando um colete, meias, luvas para os seus dois homens e também para Snorri. Os três se sentem melhor quando estão juntos, Torfhildur, pai e filho, e não precisam falar muito um com o outro, estão calados porque a proximidade diz tudo o que precisa ser dito. Torfhildur sempre chama Brynjólfur de meu querido menino, embora não exista uma grande diferença de idade entre eles, e o cumprimenta acariciando seu rosto com a mão dura, mas quente, precisa se erguer na ponta dos pés para chegar tão alto. Mas agora não a encontra em lugar nenhum e, infelizmente, Brynjólfur está bastante aliviado, mas se sente envergonhado por causa disso e pergunta, como para se acalmar, onde é que vocês, seus diabinhos, esconderam a Torfhildur, não podem ser tão maus a ponto de tê-la deixado em casa?! Brynjólfur simula alegria, sorri abertamente mas sente uma pontada no coração quando para ele parece que pai e filho ficam subitamente sérios, mas então ambos sorriem, ela só não está se sentindo muito bem, responde o pai, Björn ou Bjarni.

O filho: Ela estava com uma tosse péssima.
O pai: Tem dormido mal.
O filho: Ou não bem o suficiente.
O pai: Não. E teve febre.
O filho: Mas não muita.
O pai: Não, não, não é nada.
O filho: Ela estará boa amanhã.
O pai: Sim, não é nada.
O filho: Não, não é nada mesmo, nada disso.
O pai: Não, não é nada mesmo.

Estão perto um do outro, mãos em cima do balcão, quatro mãos bem-tratadas e delicadas lado a lado, e olham para Brynjólfur com um entusiasmo inesperado, como se tentassem convencê-lo e como se importasse o fato de ele concordar ou não com eles. Assim, sorriem alegremente quando ele murmura, não, é claro que não é nada. Por outro lado, se sente como o maior dos traidores e diz, constrangido, vou começar a preparar hoje o *A Esperança*. Sim, exatamente, só passei por aqui para que vocês saibam, vocês podem, por favor, dizer ao Snorri que não tenho tempo para conversar com ele agora, o navio me chama, meninos, e um capitão precisa atender ao seu chamado! Ele dá meia-volta de forma abrupta para não ver a alegria e a gratidão que iluminam os seus rostos, caminha em direção à porta, o pai corre atrás dele, quer dizer algo, mas Brynjólfur não dá oportunidade para tal, abre a porta e já está lá fora, e aumenta a distância entre ele e a casa, o pai grita o seu adeus e obrigado atrás dele; pequenos punhais afiados que o atingem nas costas. Brynjólfur desvia o olhar antes que uma casa fique entre eles, pai e filho estão à porta e começam a acenar de forma entusiasmada quando veem o seu rosto, o braço direito de Brynjólfur treme mas não se ergue, depois, a casa bloqueia sua visão, e em vez de continuar na mesma direção e de descer até a ponta mais baixa onde o *A Esperança* está na praia, ele vira na travessa seguinte e quase segue na direção oposta.

# 12

Geirþrúður está lá fora quando o menino e Helga voltam carregados da vila, embora seja ele principalmente quem transporta o peso, a incerteza pende dele como uma andorinha-do-mar aos guinchos, batendo na sua cabeça, ele está cheio de sangue. Dois corvos saltitam com ponderação a uma curta distância da mulher, que espalha comida na neve em frente à casa, dois outros estão sentados no telhado à espera, farrapos negros da noite. Helga para no meio da rua, talvez para não assustar aquelas aves negras, o menino nunca viu um corvo se aproximar tanto de uma pessoa, Geirþrúður poderia se esticar e encostar naquele que está mais perto dela. Ela atirou a neve para o lado, criou um local grande e vazio e salpicou algo nele, para o menino parece algo como pedaços de carne, ele olha para Helga, que não parece minimamente surpreendida. O corvo vem do Inferno, diz um autor, voou, negro como carvão, das mandíbulas do diabo, que emprestou a ele sua voz e sua astúcia. Muitas vezes chamamos Geirþrúður de a mãe dos corvos. Ela começou a alimentar os corvos pouco depois de chegar aqui, algo que não era muito popular, mas que Guðjón deixou passar, tal como todo o resto que ela fazia, o corvo é uma ave notável, ele disse quando o seu amigo, o reverendo Þorvaldur, reclamou que Geirþrúður atraía os corvos para as casas e que não era particularmente animador acordar com as suas grasnadas negras, você deve apreciar isso, Guðjón! Então Guðjón olhou para o ar e disse para si, li em algum lugar que, antigamente, os corvos faziam sons diferentes e mais suaves, mas que Deus, por algum motivo, tirou isso deles e, ao contrário, os condenou a um som que supostamente deveria nos lembrar dos nossos pecados, sem dúvida alguma uma idiotice, mas a idiotice pode ser divertida, ou não, meu amigo? Þorvaldur disse quase nada, estava bebendo nesse momento e havia pouco tempo tinha se comportado muito mal, foi ao Sodoma e desmaiou por causa de uma grande bebedeira, e tinha, portanto, muito pouco interesse em discutir pecados e a consciência e deixou de falar sobre corvos, não disse nada sobre como muitas vezes eles sentavam um ao lado do outro no telhado da igreja quando ele se obrigava a ir lá de manhã cedo, o que fazia desde que Geirþrúður começara a alimentá-los. A mãe dos corvos. Caía bem nela. Seu cabelo era preto como uma asa de corvo, seus olhos, pedaços escuros de carvão que tinham permanecido mil anos nas profundezas da Terra e que nunca tinham sido tocados pela luz. Os maiores boatos dizem que tem o grasnar de um corvo como coração, mas não se deve acreditar em tudo o que as pessoas dizem. Os corvos agarram os pedaços de carne, três deles voam para o telhado para beliscá-los, um quarto senta no telhado da casa de Þorvaldur, grasna duas vezes, talvez fazendo alguém lá dentro se sobressaltar.

 Geirþrúður espera próximo do portão. Ela olha para o menino e ele sente uma ligeira fraqueza nos joelhos, ele se aproxima tanto dela que consegue ver as suas sardas e sente imediatamente uma dívida de gratidão para com elas; sem elas, seu rosto, com seus olhos completamente negros, e maçãs do rosto altas, se tornaria frio e repulsivo. Ela estende a mão, ele pousa as compras e a mão fria dela se fecha por um momento em volta da dele, olá, ela diz, e sua voz é um pouco rouca e apagada, ele olhou brevemente para os corvos lá em cima.

Em seguida, estão na sala.

Geirþrúður senta numa pesada cadeira verde, ele, num sofá com grandes almofadas e uma coberta incrivelmente macia que acaricia por instinto, como um cachorro faria. Ele olha com grande interesse para uma cômoda excepcionalmente grande com inúmeras gavetinhas. Geirþrúður acompanha os seus olhos, gostou da cômoda? É grande, ele diz, e tem muitas gavetas. Sim, ela diz, é necessário ter um pequeno cofre a que poucos têm acesso, de preferência ninguém, exceto a própria pessoa. A rouquidão na sua voz não é tão discernível no interior da casa, sua voz é mais macia e quase indolente, seus olhos negros pousam no menino, a mãe dos corvos, essas palavras entram pela sua mente sem que ele seja capaz de fazer algo contra isso, ele não tem muito controle sobre aquilo que entra pela mente. O homem é um ser peculiar. Controlou as forças da natureza, superou dificuldades que pareciam intransponíveis, é senhor da terra, mas tem tão pouco controle sobre os seus pensamentos e as profundezas abaixo deles, o que habita nessas profundezas, como se torna realidade, e de onde vêm, seguem determinadas leis ou será que o homem passa pela vida com uma perigosa desordem no seu interior? O menino tenta afastar da mente tudo aquilo que é desnecessário, uma grasnada de um corvo como coração, histórias sobre Geirþrúður e capitães estrangeiros. Ela veste uma camisa branca e uma saia preta comprida, é de fato chamada de saia, ele não tem certeza, o cabelo preto que cai sobre seu ombro e sobre a cadeira verde está ou ondulado, ou embaraçado, como se ela não tivesse se dado ao trabalho de penteá-lo, ela está sentada quase de lado na cadeira, ajusta as almofadas nas suas costas, balança os pés sobre um dos braços, como uma menina ou um bebê, embora tenha certamente trinta e cinco anos. Já o menino está sentado direito naquele sofá luxuoso e sente vergonha da sua calça de lã manchada. É tão triste ter vergonha dessas coisas quando o nosso amigo morreu há pouco tempo, morto pelo frio diante dos nossos olhos, quando a vida parece não ter sentido, nenhum propósito, e a gente até planeja se atirar ao mar nessa noite, eu talvez serei ridículo até o último momento, ele pensa com tristeza. Geirþrúður afaga os lábios com o dedo anelar direito, muito lentamente, e depois morde com delicadeza o dedo com dentes brancos, o incisivo virado para ele é afiado, como o de um predador. Helga entra com café e biscoitos ou bolinhos numa bandeja, para ele é difícil, tendo vivido toda a sua vida numa casa comum na província e numa estação de pesca, distinguir entre biscoitos finos e bolinhos. É provável que a bandeja seja de prata, as xícaras brancas com um padrão de folhas pintado, ufa, ele pensa, enquanto é, ao mesmo tempo, a única coisa que lhe vem à cabeça.

Ufa.

Então, sua cabeça fica completamente vazia.

Instalações vazias abandonadas às pressas.

Ele olha para o vazio e sente o sangue correr pelos ouvidos como um murmúrio de ondas crescente. Helga parece prestes a dizer algo. Ela está mexendo os lábios, pelo menos, e ele pergunta, o quê? Geirþrúður olha para ele, precisa virar a cabeça quase quarenta e cinco graus para fazer isso, seu cabelo preto cai como uma asa sobre metade do seu rosto, tem um vestígio de sorriso nos lábios. Estou dentro de um romance! Esse pensamento lhe ocorre e chega em sua ajuda, salva-o, leu em algum lugar sobre tudo isto: um sofá, cadeiras, xícaras daquelas, essas coisas chamadas biscoitinhos ou bolinhos e duas mulheres que ele não compreende. Isto é um romance, ele pensa alegremente e até consegue sorrir, estou num romance. O murmúrio de sangue silencia nos seus ouvidos, ele tem propensão a perder a audição, diz Helga a Geirþrúður, e também a voz. Não sei bem como beber com xícaras tão boas, ele diz, então, como desculpa, e acrescenta, só me deparei com elas em romances, a última declaração pretendia ser uma explicação mas soou, é claro, completamente absurda, elas também olham uma para a outra, Helga senta numa cadeira alta, ela sorri, obviamente de forma muito tênue, mas ele tem certeza de que aquela minúscula mudança nos seus músculos faciais é um sorriso e possivelmente a seu favor.

Você não deveria se incomodar com xícaras finas, diz Geirþrúður com a sua voz suave e indolente, mas com um vestígio de rouquidão fazendo-se sentir por baixo, o grasnido do corvo que mantém sob rédea curta, o menino não consegue simplesmente controlar os pensamentos, nem um pouquinho. Não é necessário um talento especial para beber com xícaras boas ou comer com talheres bons, embora esse possa ser com certeza um engano muito difundido. O homem é um ser vivo, na melhor das hipóteses, um ser nobre, e precisa apenas comer, a prata e a porcelana não alteram esse fato, mas a prata altera frequentemente um homem e poucas vezes para melhor, quer fumar, ela acrescenta, e depressa pega uma caixa prateada, mostra-a como se por magia e retira um cigarro fino, o menino diz, não, obrigado, mas Helga aceita um, se inclina para a frente para que Geirþrúður o acenda, e as duas mulheres inspiram a fumaça. Geirþrúður prende a fumaça durante muito tempo, soltando lentamente, depois olha para o menino com os seus olhos escuros, a fumaça se dissipa e desaparece, e ela diz, tenho muita pena do que aconteceu a Bárður, ele era um dos poucos de quem eu realmente gostava, você perdeu um grande amigo. O menino bebe um gole tão grande de café quente que fica com lágrimas nos olhos, tosse duas vezes, e as saudades de Bárður quase lhe abrem o peito, mas ele diz, como um completo idiota, este café é muito bom, e é claro que se arrepende de ter dito isso. Agora, seria bom se alguém entrasse e desse um tiro na sua cabeça.

Geirþrúður espera até ele se recompor depois da tosse e conseguir sem constrangimento beber outro gole de café, depois diz, se você se sentir suficientemente bem para contar, gostaríamos de ouvir como isso aconteceu.

Por algum motivo, não fica surpreendido com o pedido, e não se fecha sobre si mesmo, querendo, pelo contrário, contar a história, se torna perfeitamente entusiástico como se importasse estar ali sentado com aquelas duas mulheres e falar a elas do momento em que abriu os olhos e viu a cabeça negra de Pétur se erguer do chão, até partir da estação de pesca, para encontrar a noite — para contar a história que vai da vida à morte. Mas só agora começou a contar como o alçapão para o sótão foi aberto e a cabeça de Pétur surgiu do chão, como o próprio diabo, e disse, hoje vamos para o mar, quando alguém bate na porta, provavelmente na porta do café, porque o toque é fraco. O menino para. A cerveja de Tryggvi, diz Helga, se levanta, passa as mãos pelo vestido abaixo, olha rapidamente para o menino, espera aí para contar a história, ele abana a cabeça obediente, ouve os passos ficarem distantes. Enquanto isso, me diga sobre você, diz Geirþrúður, quase sem olhar para ele, ele mal vislumbra os seus olhos escuros como a noite quando ela vira a cabeça para o lado.

Nunca perguntamos coisas assim.

Perguntamos apenas coisas que são fáceis de responder e nunca deixamos ninguém se aproximar, perguntam sobre peixe, palha e ovelhas, não sobre a vida.

Geirþrúður senta à sua frente como uma criança que recebeu uma fraca educação, com a noite nos seus olhos, e pergunta a ele sobre aquilo que é mais profundo, ele começa, como se nada fosse mais natural, nem sequer diz, bem, não há muito a dizer, com o que talvez teria salvado tudo, demonstrando respeito por poderes superiores ao exibir modéstia, não, ele diz de repente, meu pai se afogou quando eu tinha seis anos, começando, desse modo, no próprio cerne dele mesmo.

Meu pai se afogou quando eu tinha seis anos e depois minha mãe ficou sozinha com nós três, todos pequenos, minha irmã era apenas um bebê, logo fomos separados e cada um lançado numa direção diferente. Acho que não vivemos num mundo particularmente bom. Recordo apenas vagamente do pai, e aquilo de que me lembro melhor veio da minha mãe, ela me escrevia muitas cartas e o descrevia nelas. Descrevia meu pai de um modo tão vivo que ficou gravado na minha memória e raro é o dia em que não penso nele e, muitas vezes, sinto como se ele estivesse olhando por mim, para que eu não sinta tanta solidão. Seus olhos me seguem desde o fundo do mar.

Ele para, quase assustado, quase bravo consigo mesmo por ter, de modo tão pouco hesitante, arrancado o seu próprio coração para mostrá-lo a uma mulher desconhecida, lá está ele na sua mão esticada, como um gatinho cego e choramingão. O som de garrafas se chocando umas contra as outras e de vozes distantes dá a ele tempo para se recompor novamente. Geirþrúður já não olha para ele, tinha virado a cabeça para o lado quando ele começou a contar a história, afastou a asa de corvo do rosto, e agora olha para a frente, o menino olha triste e cheio de desprezo por si mesmo para o chão, para a coberta suave que é avermelhada e tem um padrão de flores exóticas, tudo agora é tão estranho. Geirþrúður pega o seu cigarro meio fumado, ele ouve o som quando ela inspira, a brasa aumenta e vai queimando o cigarro, a vida é uma brasa que aquece a Terra e a torna habitável. Você pode me contar o resto mais tarde, ela disse quando o silêncio começou a ficar mais pesado em volta do menino e a oprimi-lo.

Era quase como se houvesse um vestígio de calor na sua voz, provavelmente um resquício da sua imaginação, ele pensa, mas ele se sente ligeiramente melhor, ou o suficiente para erguer os olhos e olhar em volta, observar melhor a sala dividida, até se aventura a virar para um lado, de modo a ver melhor. A janela na parte exterior da sala é consideravelmente mais larga e mais alta, uma mesa enorme e forte por baixo dela e um lustre extremamente grande por cima, ele consegue ver uma extremidade do piano, ou daquilo que ele pensa ser um piano, e se se virar para o outro lado consegue ver um grande quadro, não inferior a dois metros quadrados, que exibe a estonteante vida de rua numa cidade enorme, como se tudo estivesse em movimento, o menino fica um pouco tonto e volta a se endireitar. Ele percebe que deve ter adquirido um aspecto peculiar, virado para um lado, com a boca aberta como uma vaca estúpida, mas Geirþrúður age como se nada de anormal acontecesse, ela fuma pensativamente o seu cigarro, ele capta um movimento com o canto do olho, alguém está à porta. Ele olha em volta e vê os olhos mortos de Bárður no seu rosto branco e ouve a preciosa voz do seu amigo na cabeça:

E ali estava eu, pensando que você iria encontrar comigo.

# 13

Seu primeiro trabalho aqui na aldeia, além de ir como besta de carga até a loja com Helga, foi abrir garrafas de cerveja para Brynjólfur e se certificar de que Kolbeinn tinha café suficiente na grande cafeteira que Geirþrúður lhe comprara quando fora a Londres dois anos antes. A cafeteira havia custado uma nota, já que tinha sido supostamente de um poeta famoso, William Wordsworth, que compôs muitos poemas para o mundo, alguns dos quais ainda brilham sobre a humanidade atormentada e arrogante.

Mencionamos isso sobre a cafeteira e o seu dono anterior porque há duas coisas que interessam ao capitão Kolbeinn: a poesia e o mar. A poesia é como o mar e o mar é escuro e profundo, mas também azul e maravilhosamente bonito, nadam nele muitos peixes e vivem lá muitos tipos de seres, nem todos bons. Todos nós entendemos muito bem o interesse de Kolbeinn pelo mar, mas alguns com certeza têm dificuldade em entender o seu interesse por poesia. Lemos, é claro, as sagas islandesas, têm algo a ver com a nação e são, por vezes, excitantes, bastante divertidas e têm heróis com quem podemos nos comparar, também é natural ler algumas lendas, histórias da vida cotidiana e feitos de cavalaria, um poema aqui e um poema ali, de preferência de poetas que escrevem sobre a sua nação e sabem muito sobre a colheita de feno e o tratamento do gado, mas um capitão marítimo que valoriza tanto a poesia como o peixe, bem, na verdade, que tipo de capitão é esse? O fato é que Kolbeinn nunca encontrou uma mulher e depois perdeu a visão. A luz do dia o abandonou e a escuridão tomou conta dele. Um marinheiro robusto, sem falta de nada, rijo como pedra e capaz de içar o peixe, certamente não muito dado a companhias e um pouco sarcástico quando falava, mas sem dúvida nada feio e um partido bastante promissor, mas nunca se casou e vivia com os seus pais, e depois eles com ele quando os anos os tornaram dependentes de outros. O querido casal. Eram boas pessoas que pouco tinham de reprovável. Seu pai morreu primeiro, quando o interesse fanático de Kolbeinn por palavras e pela poesia acabara de despertar, por causa disso, o velhote nunca teve a oportunidade de se irritar com o fato de o seu único filho, a sua carne e o seu sangue, desperdiçar dinheiro precioso em livros. Mas sua mãe sofria desse mesmo interesse e morreu debaixo de um romance alemão traduzido para o dinamarquês, estava lendo na cama quando a morte a levou, rápida mas suavemente, e o livro aberto sobre o seu rosto. Kolbeinn pensou que ela estava apenas descansando, isso foi ao meio-dia, ela era idosa e o descanso faz bem a ossos velhos, ele se manteve tão silencioso quanto possível e não a incomodou até duas ou três horas depois, mas pouco vale incomodar os mortos.

 Quando Kolbeinn perdeu a visão, possuía quase quatrocentos livros. Alguns eram grandes e caros e chegavam em navios vindos de Copenhague, como o livro que matou Bárður. Uma considerável quantia de dinheiro ia, é claro, para essas compras, e as mulheres que haviam sonhado com uma vida com aquele enérgico mas carrancudo e, por vezes, bizarro capitão agradeceram a Deus que as coisas não tivessem dado certo, e agradeceram ainda mais quando Kolbeinn perdeu a visão e se tornou então um miserável inválido. Não sabemos quando é que a sua visão começou a falhar, ele escondeu o fato extraordinariamente bem, adaptou-se à luz opaca, simplificou os seus hábitos de trabalho, a tripulação notou, obviamente, as mudanças no seu comportamento, mas culpou a excentricidade crescente do homem e a sua paixão por livros; desde que continuasse a pescar, era problema dele. E foi isso que continuou fazendo. No entanto, havia muito deixara de distinguir a sua posição no mar em contraste com as montanhas, era como se simplesmente conseguisse cheirar os peixes no mar. E, então, a visão se extinguiu por completo. Ele foi para a cama e ainda conseguia ler ao quase colar por completo o rosto às páginas do livro, ele conseguia ver muito bem as mãos, via os contornos das casas, mas as estrelas no céu tinham desaparecido para ele havia muito, e depois acordou numa escuridão completa.

No início, ficou deitado com toda a calma e aguardou que a sua visão, ou o que restava dela, voltasse. Ficou lá deitado o máximo que conseguiu. Então, começou a mexer a cabeça. Olhou rapidamente de um lado para o outro, arregalou os olhos, esfregou-os, mas nada mudou, estavam mortos, e a escuridão pressionava tanto contra ele que até tinha dificuldade de respirar. Sentou rapidamente para recuperar o fôlego, deu um soco na cabeça, devagar no início, depois com força, bateu com ela contra a parede várias vezes, cada vez com mais força, talvez com a esperança de que aquilo que se soltara voltasse ao lugar, mas a escuridão permaneceu inalterada, não o abandonou. Agarrou-o e nunca mais o largaria. Depois, cambaleou até lá fora e chegou são e salvo à sua cadeira de leitura por baixo da janela, sentou-se lá direito, com o rosto sujo de sangue, esperou que o seu timoneiro chegasse e pensou um pouco na faca que facilmente consegue cortar uma artéria em duas. Mas precisava primeiro falar com o seu timoneiro e depois tentar rabiscar alguma coisa no papel, fosse qual fosse o modo como o faria. Possuía mais da metade das cotas no navio, todos aqueles livros e a casa, e não seria bom morrer e deixar tudo sem antes ter anotado em algum lugar, caso contrário, sacanas e tubarões como Fríðrik e Lárus reuniriam tudo e jogariam fora tudo aquilo com que não se importassem. Por fim, o timoneiro chegou para ver o que estava acontecendo com Kolbeinn, que era sempre o primeiro a aparecer no navio, mas então toda a tripulação estava lá à sua espera coçando a cabeça, por acaso você está doente, perguntou com hesitação o timoneiro e sentiu uma espécie de frieza entrando nele, frio e medo, quando olhou para o rosto de Kolbeinn e viu o sangue seco e os olhos horrivelmente vazios. Kolbeinn virou seu assustador rosto na direção da voz e disse calma e decididamente, hoje você pilota o navio, estou cego. Vai. Falarei com você mais tarde. E o timoneiro recuou, com medo dos olhos cegos, assustado, como sempre, com aquele maldito homem, recuou e desceu até o navio, pouco disse e nada revelou até estarem em mar aberto, com cinco dias de pesca pela frente. Kolbeinn tateou pela casa em busca de uma caneta e de papel, caiu duas vezes sobre os móveis, da segunda vez foi contra a estante dos livros, ficou lá sentado muito tempo e passou os dedos pelas lombadas dos livros, talvez o Inferno seja uma biblioteca e você está cego, ele murmurou, tentou sorrir mas pouco adiantou e correram quatro ou cinco lágrimas dos olhos, esperemos que não mais, ele pensou, abatido por não ser capaz de aguentar aquele choque sem lágrimas, aqueles peixes transparentes que lhe escapavam.

 Então é tudo isto a que um homem se resume, quando chega a hora da verdade, uma pessoa vai abaixo como um patético pedaço de madeira podre, disse ele a Geirþrúður, que o encontrara no chão em frente à estante dos livros. Você está cego, Kolbeinn?, ela perguntou, não de um modo preocupado ou misericordioso, mas como se perguntasse se os dedos estavam doendo. O que você acha?, ele respondeu amargamente, depois pediu a ela uma caneta e um papel, coisa que ela fez, sem dizer uma palavra, deixando-os no seu colo. Ele procurou a caneta e tirou um livro da prateleira para que fosse usado como apoio, depois sentou e não fez nada. O tempo passou e Geirþrúður, que passara lá para devolver um livro e levar outro emprestado, ficou simplesmente lá sentada e esperou até ele dizer, não consigo escrever.

O que você quer escrever?

Nada que te interesse.

Sem dúvida isso é verdade, mas posso escrever por você.

Então pegue esta porcaria, ele disse, e atirou a caneta e o papel para a escuridão de onde a voz dela vinha.

O que devo escrever?

Sou dono de mais da metade do navio, destes livros e desta casa, e não quero que alguns sacanas fiquem com estas coisas para eles.

Devo escrever isso?

É claro que não, não seja tão estúpida.

Por que você acha que se apoderarão daquilo que é seu?

Porque sou um miserável e em breve estarei morto.

Tanto quanto eu... ela parou, continuou, você parece estar vivo e respirando neste momento. Como ele não respondeu, ela acrescentou, ou assim me parece.

Kolbeinn teve um pequeno sobressalto, mas, fora isso, agiu como se nada estivesse errado e disse, mas você não espera que eu continue vivendo assim, um cego inválido, inútil para todo mundo, completamente indefeso e dependente, não é?

Então você vai se matar?

O que mais eu deveria fazer, talvez dançar?

Você pode viver comigo e com a Helga, às vezes precisamos de companhia.

Você está dizendo que sirvo de companhia?!

Você terá um excelente quarto onde poderá guardar todos os seus livros; venda a sua casa e ficarei com a sua parte no navio e ficamos quites.

Quando há uma escolha entre a vida e a morte, a maioria escolhe a vida.

Geirþrúður levou Kolbeinn consigo pela aldeia até sua casa, como um cachorro velho e desgraçado a quem seria um ato de caridade abater. Isso foi há quatro anos. Desde então, Kolbeinn não foi mais longe do que o portão do jardim, senta no jardim quando o tempo está ameno e o sol aquece o ar, mas, fora isso, se sente melhor no café, bebendo café, escutando os clientes, se houver algum. Helga e Geirþrúður leem para ele às vezes, normalmente à tarde ou à noite, quando a escuridão amaciou o mundo e partiu para o espaço seguindo as estrelas, depois sentam juntos na sala, essa trindade bizarra e profana. Nunca entendemos por que é que ela tomou o velho peixe-lobo sob a sua asa, um homem tão intempestivo e antissocial. Pouco se conheciam antes disso, ela pedia alguns livros emprestados de vez em quando, mas talvez se deem muito bem juntos; os dois são cegos, ele fisicamente, ela moralmente.

Contudo, a trindade já não é uma trindade, porque o menino se juntou ao grupo. Ele enche de café uma caneca que pertenceu antigamente a um poeta inglês, diz, você está sempre aí, mas Kolbeinn age como se ele não estivesse lá, como se ele não me visse, murmura o menino consigo, rindo um pouquinho disso.

\* \* \*

Ele contara à trindade a história de como a vida se transformara em morte.

Helga voltara e trouxera consigo Kolbeinn, e o menino contou sobre a viagem marítima.

Como Bárður se esquecera do seu impermeável, como tinham se afastado de maneira incomum. Contou como o tempo piorara, esfriando depois, como uma ventania tinha se levantado, e depois como as ondas haviam começado a bater contra o barco. Bárður ficou imediatamente ensopado e congelado, tão molhado e com tanto frio que não teria adiantado nada se alguém tivesse lhe emprestado o seu impermeável e, portanto, possivelmente sacrificado a própria vida, talvez a vida de todos eles. Aquele que está tão ensopado no mar aberto, em meio a ventos tempestuosos e de neve, está condenado a morrer. O menino não tinha talvez compreendido por completo isso naquele momento, ou não quisera compreender, e é talvez só agora, pela primeira vez, que lhe ocorre que a única esperança era levar rapidamente Bárður para terra, arrancar o gelo e a neve da vela, do barco, para que ele pudesse atingir uma boa velocidade. No entanto, não havia, mesmo assim, esperança, antes uma miragem. Uma ilusão.

Então, o menino contou como atravessou o vale e a noite escura com o livro que matou o seu amigo, "nada é para mim doce sem ti".

Geirþrúður ouviu com os olhos semicerrados, as pálpebras brancas afundadas sobre a noite dos olhos; Helga olhou para a capa vermelha do livro porque os olhos têm de estar em algum lugar, não são como as mãos, que podem apenas dormir, os pés em que ninguém repara durante muito tempo, os olhos são completamente diferentes, descansam apenas atrás das pálpebras, a cortina dos sonhos. Os olhos devem ser tratados com cuidado. Devemos pensar para onde os apontamos e quando. Toda a nossa vida jorra dos nossos olhos, eles podem, portanto, ser canhões, música, canto de pássaros, gritos de guerra. Podem nos revelar, podem nos salvar, nos destruir. Vi os seus olhos, e a minha vida mudou. Os olhos dela assustam. Os olhos dele me hipnotizam. Olha só para mim, então tudo ficará bem e eu talvez consiga dormir. Histórias antigas, possivelmente tão antigas quanto a humanidade, nos dizem que não há um único ser que consiga olhar nos olhos de Deus porque eles contêm a fonte da vida e o abismo da morte.

O menino descreveu os olhos de Bárður. Precisou descrevê-los, reavivá-los, deixá-los brilhar mais uma vez. Os olhos castanhos que um obscuro e desconhecido pescador estrangeiro deixara em terra havia muito tempo. Geirþrúður e Helga pouco olharam para o menino enquanto contou a sua história, Geirþrúður talvez uma vez, a outra pouco mais, mas os olhos cegos do capitão pousaram nele durante todo o tempo e não se desviaram, janelas frias, sem vida e escurecidas, nada consegue sair, nada consegue entrar. A história continuou por mais tempo do que aquilo que ele tinha esperado. Ele esqueceu de si mesmo. Perdeu-se. Abandonou a existência e desapareceu na história, e aí tocou no seu amigo morto, ressuscitando-o. Talvez o objetivo da história fosse ressuscitar Bárður, entrar no reino da morte armado com palavras. As palavras podem ter a força de gigantes e matar um deus, podem salvar vidas e destruí-las.

As palavras são flechas, balas, pássaros mitológicos que perseguem deuses, as palavras são peixes com muitos milhares de anos que descobrem algo terrível nas profundezas, são redes suficientemente vastas para prenderem o mundo e também o céu, mas, muitas vezes, as palavras não são nada, roupa rasgada que o frio penetra, uma fortaleza desmoronada por cima da qual pulam ligeiramente a morte e a infelicidade.

No entanto, as palavras são a única coisa que este menino tem. Além das cartas da sua mãe, da sua tosca calça de lã, roupa de lã, três livros fininhos ou panfletos que trouxe consigo da cabana, botas marítimas e sapatos remendados. As palavras são os seus companheiros de maior confiança e seus confidentes, mas são, porém, bastante inúteis quando postas à prova — ele é incapaz de ressuscitar Bárður e Bárður sempre soube disso. É por isso que ele ficou na porta antes e disse, e ali estava eu, pensando que você iria encontrar comigo, mas deixou por dizer o que o menino descobriu por si mesmo: porque eu não posso ir te encontrar.

Fez-se silêncio depois de ele terminar a sua história, um silêncio que ele próprio quebrou ao murmurar, como se estivesse distraído, preciso escrever à Andrea e dizer que estou vivo.

O silêncio após uma longa narrativa indica se foi importante ou se contada sem nenhum efeito, indica se a história foi apreendida e se tocou algo ou apenas encurtou as horas e nada mais.

Nenhum deles se mexeu até golpes pesados os libertarem. Alguém batia na casa lá fora. Helga levantou, erguendo-se devagar, depois voltou com um papel e uma caneta que passou ao menino e disse: deveríamos cuidar daqueles que são importantes para nós e que são bondosos, e de preferência nunca abandoná-los, a vida é muito curta para isso e, muitas vezes, termina de modo súbito, como você descobriu desnecessariamente. Em seguida, ela saiu para ver que punho era o responsável pelas pancadas.

Deveríamos cuidar daqueles que são importantes para nós e que são bondosos.

Essa deve ser uma das leis da vida, e o diabo dá chutes na bunda daqueles que não a cumprem.

O vestido de Helga se arrastou pelo chão quando saiu da

sala, ela deixou para trás uma fragrância, assim também o calor que permaneceu nas faces do menino depois que ela o afagou rapidamente com quatro dedos. O velho Kolbeinn se levantou, murmurou algo suave e incompreensível, usou sua bengala para sentir o caminho em frente, mas o fez sem cuidado, conhecia o caminho e atravessou rapidamente a sala, seguiu Helga, o seu odor e o roçagar, e então os dois ficaram lá sentados, ele e aquela mulher com olhos tão negros quanto uma noite de janeiro. Olhavam diretamente para o menino enquanto ele segurava a caneta, a vida interna dela jorrava de seus olhos e era talvez infectada pela sua cor. Todos nós gostávamos muito de Bárður, ela disse devagar, ou, para dizer melhor, suave e cuidadosamente, e iremos continuar a sentir saudades dele, cada um do seu modo, o que também se aplica ao Kolbeinn, embora pareça que não sinta nada mais do que remorsos. Mas você pode facilmente contar pelos dedos de uma mão o número de pessoas a quem o Kolbeinn empresta livros, para não falar deste livro.

Ouviram os passos de Helga se aproximarem, rápida, calmamente, algumas pessoas caminham de tal modo que nada pode desequilibrá-las, como se não sentissem dificuldades em nenhum caminho, e depois há outras que são pura hesitação. Assim, os passos podem dizer muito sobre uma pessoa: caminhe até mim, e então eu talvez saiba se te amo.

É o Brynjólfur, disse Helga na porta, e o menino pensou conseguir ver um débil sorriso no rosto de Geirþrúður, quer cerveja, ela acrescentou. Você não está contente com isso, disse Geirþrúður, ainda com o seu débil sorriso. Helga abanou a cabeça, ele já deveria ter começado a preparar o navio, é tão simples quanto isso, ela disse. Nada é assim tão simples, Geirþrúður disse, mas é talvez melhor que beba aqui do que com a Marta e o Ágúst. Geirþrúður agiu como se não tivesse ouvido o resmungo de Helga, virou-se para o menino e disse de repente, sem aviso, como se já tivessem combinado previamente alguma coisa, será este o seu primeiro trabalho na casa. Servir cerveja a um capitão e se certificar de que outro capitão tem café suficiente, e depois você devia comprar alguma roupa apropriada, algumas coisas são adequadas ao mar, outras à terra. A Helga irá com você esta tarde e se certificará de que você vai comprar algo decente, eu pago, uma vez que presumo que vai morar aqui, ela acrescentou, talvez por causa do olhar no rosto do menino, o olhar de alguém que não sabe se está aliviado, constrangido com alguma coisa ou simplesmente satisfeito.

Só vim aqui devolver um livro, ele conseguiu dizer por fim, depois de ter ficado calado bastante tempo e aguentado o olhar das duas mulheres.

Geirþrúður pressionou um dedo comprido e magro nos seus lábios por um momento e disse, nem sempre sabemos ao certo aquilo que queremos, ou escolhemos suprimi-lo; senão para onde você pensava em ir? Acho difícil de acreditar que voltaria ao mar, você não é verdadeiramente um pescador e seria um desperdício fazer você salgar peixe. É mais fácil acreditar que você não faz ideia do que pode fazer, ou de quem é, mas a Helga e eu temos as nossas suspeitas em relação a isso e não somos tão idiotas assim quando fazemos um esforço. Por isso, deixe que a gente decida por você, pelo menos no início. Vai precisar, naturalmente, trabalhar em troca do alojamento, da comida e da roupa, e já pode começar tomando conta daqueles dois pobres capitães.

Mas eu não sei fazer nada, o menino disse.

Isso é tão estranho.

As palavras têm propensão para pular dele desse modo, e, portanto, ele diz muitas vezes coisas que não fazem nenhum sentido e o metem em problemas ou atraem desnecessariamente a atenção sobre ele, o que é quase o mesmo que se meter em problemas. Muitas vezes, ele tenta compensar as idiotices dizendo algo logo em seguida, mas muitas vezes só piora as coisas, e então acrescentou, eu na verdade tinha trabalho na loja do Léo nesse verão. O Bárður e eu fizemos um acordo com o Jón, ou melhor, quem fez o acordo foi o Bárður, foi ele quem nos arranjou o trabalho, eu arranjei o trabalho por causa dele e agora ele está morto e eu não sei o que vai acontecer, concluiu essa explicação curta e confusa, que droga eu estava dizendo, ele pensou e se amaldiçoou. Geirþrúður não se incomodou com isso e disse simplesmente, quem não sabe fazer nada não tem nada para fazer na loja do Léo, a Tove mandaria usar você como isca de peixe depois da primeira semana e você não quer isso, não é? Mas nós aqui, a trindade, e ela então sorriu claramente, sabemos avaliar pessoas como você melhor do que a Tove. Você sabe ler e percebo que tem boa caligrafia, não é assim? O menino achou suficiente abanar afirmativamente a cabeça, não se atreveu a abrir a boca e deixar sair alguma idiotice. Bem, o pouco que você sabe fazer está bom para nós, há muito poucos que sabem ler nesta vila, porque uma coisa é ser capaz de ler e outra saber como ler, há uma enorme diferença entre as duas. Espero que você fique aqui conosco, duas semanas ou vinte anos, você escolhe, pode ir embora quando quiser. Você ficará com o quarto em que dormiu e pode tentar fazer um acordo com o Kolbeinn quanto a usar os seus livros, mas espere um pouco em relação a isso, deixe que ele se acostume com você, leia para ele à noite e ele amolecerá aos poucos. Fora isso, há muitos livros ali na salinha, pegue aqueles que quiser. Só mais uma coisa: não se espante se você ficar com a reputação suja se decidir viver aqui conosco; a culpa é minha, mas você precisa ser capaz de suportar isso.

    Sempre gostei de corvos, o menino disse, mais uma vez sem pensar, as palavras se limitam a sair dele. Quem se senta lá embaixo e controla as palavras?

    Para sua admiração e incrível alívio, as duas sorriem. Viu

todos os dentes de Geirþrúður, tão brancos, dois caninos afiados, mas os dentes da frente do maxilar inferior estavam encavalados, o que é bom, o que é branco e completamente reto fica cansativo depois de algum tempo. Sem pecado, não há vida.

# 14

E agora está aqui sentado. Entre dois capitães e uma caneta de tinta permanente. O que ele deveria escrever, minha cara Andrea ou querida Andrea? Kolbeinn e Brynjólfur estão sentados à sua direita na ponta da mesa, Helga ensinou a ele o que fazer, a servir cerveja, café, como se lembrar disso, me chame se não conseguir, depois desapareceu e ele ficou sozinho com os velhotes. Brynjólfur olha para ele de vez em quando, tem o cabelo e a barba grisalhos, me traga uma cerveja, seu maldito gatinho, ele diz com uma voz estrondosa, embora a primeira garrafa esteja completamente vazia, ele é como um bezerro com diarreia, explica Brynjólfur a Kolbeinn. Mas o menino não poderia se importar menos em ser chamado um maldito gatinho, um bezerro cagão, são apenas palavras e de pouco valem se não prestamos atenção nelas, passam simplesmente por nós e não tocam em nada. Além disso, Brynjólfur tem um interesse maior e mais íntimo em cerveja do que nele, e o seu humor melhora à medida que bebe. Duas cervejas e o mundo já não é malvado nem está cheio de todo tipo de lixo que irrita um homem honesto. Porque nós somos homens honestos, você e eu, ele diz a Kolbeinn, que afirma com a sua voz rouca e quase apagada que a honestidade é um luxo para anjos sem espírito. Não te entendo, diz Brynjólfur, com a voz tão profunda que os peixes bem fundo no mar tremem quando ele fala alto no convés. Não achei que você fosse entender, diz o outro. Então explique e que o diabo coma ali o cachorrinho, acho que ele é um desgraçado desalmado. Então o diabo não tem interesse nele, diz Kolbeinn, aqueles que não têm alma adquirem asas de anjo. Você é estranho, grunhe o gigante, e é por isso que sempre gostei tanto de você. Depois, os velhos cães marinhos começam a falar de peixe e do mar, e o menino para de ouvir, exceto com um ouvido e mesmo assim pouco, ou apenas o suficiente para reparar quando pedem cerveja ou café, para ele é mais seguro reagir pronta e eficazmente, mas quando Brynjólfur tem cerveja pode ficar sozinho com os seus pensamentos, o outro bebe café que é tão negro quanto a escuridão à sua volta. Têm mais ou menos a mesma idade, mas o rosto de Kolbeinn parece ser mais velho, com uma diferença de cerca de cem anos. Falam sobre o mar e sobre o deboche, falam apaixonadamente de peixe, o bacalhau nada nas suas veias, os tubarões mergulham até bem dentro dos seus fígados, há tempestades e quedas de neve intensas e mares negros mortíferos, Brynjólfur balança e se agarra com força à mesa para não ser lançado borda fora, a grossa língua de Kolbeinn lambe o sal dos seus lábios. O menino levou oito cervejas a Brynjólfur, encheu o mesmo número de vezes de café a caneca do poeta inglês, o poeta tem sede, diz Kolbeinn, e ergue a caneca, o menino leva café ao mesmo tempo; no início, não sabe nada sobre esse tal Wordsworth que teve a caneca, admirado de que Kolbeinn se chame a si próprio poeta, e fica ainda mais confuso sobre ele, que raio de poeta?, pergunta, por fim, Brynjólfur quando Kolbeinn pede café pela quarta vez, e olha em volta como se quisesses bater em algo, o menino mal se atreve a respirar. Você é um idiota, grunhe Kolbeinn, esta caneca aqui era de um poeta inglês, depois lança um sorriso sarcástico, seu rosto se torna selvagem e seus olhos inúteis olham para Brynjólfur, que, de repente, sente uma grande dor, a alegria que sente na sua cerveja desaparece, ele deixa cair a sua cabeça cheia de dores, por que você tem de ser tão cruel, ele murmura, mas Kolbeinn não responde, e o que deveria ele dizer, e durante algum tempo não se ouve nada além do sorver do cego, Brynjólfur olha para a garrafa e tenta reencontrar a sua alegria. O menino escreve, minha cara Andrea, e deseja tanto sublinhar a palavra cara tantas vezes, porque o seu afeto por Andrea se apodera subitamente dele. Agora, ela está sozinha na cabana, Guðrún está só na outra, porque não penso mais em Guðrún, seu coração não palpita uma única vez quando pensa no seu nome, e onde está Bárður agora, seu corpo, essa carapaça morta e inútil que deixou para trás quando partiu, onde está guardado até alguém ir buscá-lo? E fiz mal em partir tão de repente, foi uma fuga, não foi uma traição? E por que diabos preciso mesmo me lembrar agora daquela tal Ragnheiður, por que é que ela me mostrou a maldita ponta da língua? Ele olha para a folha embaixo e não ouve Brynjólfur imediatamente, que tem então um motivo excelente para erguer a voz e zomba do lixo que aquele menino é, mas as suas palavras já não estão carregadas, Brynjólfur está feliz de novo, descobriu que Kolbeinn é um tipo decente, você só é cego, ele acrescenta, como se isso precisasse ser realçado, você é um bom observador, diz Kolbeinn simplesmente, e então voltam a falar do mar, ficam imediatamente em pleno mar aberto, estão em perigo, o passado liberta-os durante algum tempo do presente, da tristeza, da ansiedade, da escuridão. O menino tem a caneta na mão mas olha pelo canto do olho para Kolbeinn, tenta compreendê-lo e está claro que não consegue, sente respeito, uma espécie de medo, está apreensivo sobre ter de ler para ele, ter de estar ao seu lado, espera que as mulheres também ouçam, seria melhor, vou ler para ele esta noite? O peixe-lobo, pensa ele então, se referindo ao peixe, o peixe-lobo está sempre de mau humor ou é só o que ele parece? Ele abana a cabeça, entende tão pouca coisa. Ele escreveu, minha cara Andrea, e agora acrescenta, estou vivo, consegui chegar ao fim, mas então pousa a caneta. Por que maldição deverei viver? Não tenho interesse em nada, muito menos nessa tal Ragnheiður, ela é tão fria que meu coração se contrai. Não quero nada e não desejo nada. Ele olha confuso para a caneta. Absolutamente não quer morrer. A vontade de viver está nos seus ossos, corre no seu sangue, o que você é, vida?, ele pergunta em silêncio, mas está muitíssimo longe de responder, o que não é estranho, não temos respostas prontas, no entanto, vivemos e também morremos, atravessamos as fronteiras que ninguém vê mas que são ainda as únicas que importam. O que você é, vida? Talvez a resposta esteja na pergunta, o espanto que está implícito nela. A luz da vida treme e se transforma em escuridão assim que paramos de perguntar, assim que deixamos de questionar, e encaramos a vida como outra coisa qualquer?

 O menino começou a pensar na biblioteca do capitão que imagina desde que Bárður falou sobre ela, quatrocentos livros, provavelmente não é preciso mais nada na vida, exceto, é claro, a visão, ele pensa, de modo um pouco malicioso, mas dá um pulo quando o cego passa por ele e entra em casa, fechando com força a porta atrás de si. Outra cerveja, seu fracote, diz em voz alta Brynjólfur, e o menino leva a sua nona cerveja. A cerveja desaparece no gigante, seu corpo recebe-a sem parar, sou tão grande, explica o gigante ao menino, sente aqui do meu lado, desgraça, ou eu bato em você, é tão difícil ficar sentado sozinho, um homem sempre se sente tão solitário quando está só, vai, seja bonzinho e não abandone um velhote.

O menino é bom. Não abandona a mesa, nem sequer pode ir embora, Brynjólfur prendeu seu braço direito com a sua grande mão. O menino está sentado ao lado do gigante, que bebe cerveja, bebe com gosto, depois começa a falar sobre um antigo colega de navio, Ole, o norueguês, navegaram juntos durante quinze anos, sobreviveram a tempestades desgraçadas e ferozes e a mares ondulantes, e depois Ole se afogou numa calmaria completa, quando seu navio estava no cais. Ole estava caindo de bêbado e desabou sobre a sua cabeça calva, quebrou o espelho constituído pela lagoa e desapareceu, nem sequer chegou a acabar a garrafa que comprara do Tryggvi, conhaque francês que obrigara Ole a economizar durante muito tempo. O corpo foi trazido à tona e viram que a garrafa estava meio cheia e bem presa ao seu cinto. Droga, diz Brynjólfur no meio da sua história sobre o norueguês, semicerra os olhos, põe os dedos à frente deles, já não consigo ver bem!, ele grita com medo: estou perdendo a visão, aquele sacana maldito me contaminou! Estou ficando cego! Brynjólfur fecha os olhos mas volta a abri-los quando o menino explica que depois de nove cervejas a maior parte das pessoas deixa de ver nitidamente. O capitão fica tão grato que solta o menino, que esfrega o seu braço dolorido por baixo da mesa.

Passa do meio-dia e o sol brilharia sem dúvida entre as janelas do café se conseguisse chegar à terra atravessando as nuvens, mas não teria se erguido suficientemente alto para brilhar na ponta e na parte principal da povoação em volta da praça Central, o pico da Eyrarfjall se ergue no céu e enterra as casas na sua sombra. Contudo, se houvesse um sol no céu, em breve brilharia entre as janelas da sala de uma casa não muito afastada do velho bairro, onde uma mulher está sentada e olha para o vazio, ela tem olhos grandes, parecendo um cavalo que passou toda a sua vida lá fora sob uma chuva pesada. Está sentada sem se mexer, como só quem foi abandonado pela alegria da vida faz. Uma vez, há muito tempo, ela ria com frequência e seus olhos eram sóis acima da vida, os pedaços de gelo que pendiam, frios e duros, das casas se tornavam gotas de água fresca, onde a alegria naqueles olhos está agora? A mulher está sentada sem se mexer, olha, um pouco como se esperasse alguém que foi até tão longe que por fim pode não ter tempo suficiente para voltar nesta vida. Ela está sentada curvada, com os ombros um pouco arqueados, ficará sentada assim durante todo o dia, e quando escurecer e tudo se tornar difuso vai parecer mais com um monte de terra do que com uma pessoa. Onde está agora a justiça nesta vida, nesta vida desgraçada? Você vive com os olhos mais belos do mundo, são tão bonitos quanto o mar, depois passam-se trinta anos e eles não são mais bonitos, são apenas exageradamente grandes e te acompanham com reprovação e você não vê nada além de cansaço e desilusão quando olha para eles.

Inferno!, alguém olha para eles e pensa num cavalo completamente encharcado pela chuva, isso não é dizer nada, você está maluco, menino, nunca chamaria minha mulher por um nome desses, e quem quer que diga algo do tipo vai conhecer os meus punhos! Brynjólfur dá uma pancada na mesa, o menino dá um pulo e as garrafas de cerveja vazias que Brynjólfur alinhou cuidadosamente à sua frente chocalham sonoramente, oito, não, nove garrafas de cerveja vazias. O capitão volta a agarrar o braço do menino e, infelizmente, justo no mesmo local, segura-o com força, ficará ali com uma contusão feia mas o menino não se atreve a se mexer. Se ao menos você tivesse visto a minha mulher rindo antes, ah, menino, e visto os seus olhos, ah, o que aconteceu, para onde foi a alegria e por que ela teve de mudar assim, de onde vêm essa escuridão e a zona cinza? Sabe, menino, quando crianças brincamos juntos com Kristján, estávamos sempre juntos, ninguém tira de um homem as boas e esplendorosas recordações, mas as recordações ruins também não desaparecem, se tornam, na melhor das hipóteses, menos insistentes com o passar dos anos, maldição tudo isso. O Kristiján se afogou, sabia disso, o mar o levou, e esse é, claro, o modo como nós, pescadores, deveríamos partir, mas eu tenho mesmo saudades dele, tenho tão poucas pessoas com quem falar, sabe que a Bryndís é filha dele, Bryndís é um nome bonito, acreditaria que Deus o inventou para que nos sintamos um pouquinho melhor, mas, caro amigo, gostaria que você tivesse visto os olhos dela antes, não os de Bryndís... mas... droga, droga, inferno, não me lembro do nome dela!

Brynjólfur está sentado e olha para a frente, perplexo, e não se lembra do nome que está enraizado na sua vida. O nome da menina com quem brincava quando a juventude brilhava sobre os três e construíam castelos de gelo no inverno, brincavam de agricultores no verão, e, por vezes, ela colocava flores amarelas no cabelo e caminhava como o sol, ela era o próprio conto de fadas. Brynjólfur franze o cenho, tenta ao máximo se lembrar do nome e depois solta automaticamente o braço do menino, e ele suspira de alívio mas em silêncio. Por fim, os seus olhos embriagados e injetados de sangue exibem um brilho, como uma cintilação antes de um pensamento límpido, como uma luz bem no interior de um nevoeiro opaco. Bebo muito. Ele diz isso de maneira firme e clara, depois abana a cabeça concordando com suas próprias palavras e acrescenta, sim, e depois traio todo mundo. Brynjólfur olha tristemente para o menino, mas parece ter dificuldade em vê-lo com clareza, inclina a cabeça um pouco para trás, semicerra os olhos e repete, todo mundo! Traio ela, sabe, a minha mulher, e os seus olhos, traio eles todos os dias. Traio o Snorri e isso dói. Traio os meus queridos meninos, Björn e Bjarni, e também traio Torfhildur. Como é possível trair alguém como Torfhildur, que tipo de maldade é essa? Veja só, esta manhã desejei que ela morresse e sabe por quê? Porque ela é muito boa para mim! Confia em mim e me diz palavras bonitas, mas, em vez de ser grato, tento evitá-la porque ela me lembra a traição, imagina se ela morresse hoje, ou talvez amanhã, eu não me mataria simplesmente? No entanto, não sou mau, é só esse peso dentro de mim, aqui dentro, ele diz, e dá uma grande pancada no seu peito, há alguns serezinhos pretos aqui dentro, e eles se enfiaram no meu coração. Por vezes, não tenho consciência deles, sim, podem passar-se meses e eu começo a acreditar que algo os matou e que sou um homem livre, mas depois eles reaparecem e começam o ataque, mais fortes e mais maldosos do que nunca. Tentei afogá-los, afogar os sacanas em cerveja e uísque, mas eles devem ser bons nadadores e se vingam valentemente de mim quando eu fico sóbrio. Você não pode imaginar como é a vingança deles, você é tão jovem, ah, se ela ao menos voltasse a rir, os seus olhos seriam tão bonitos e tudo seria bom, e se ao menos eu conseguisse me lembrar do seu nome, eu seguiria o caminho mais curto para casa, iria tomá-la nos meus braços e suplicaria por perdão com lágrimas, sou homem suficiente para chorar, pode acreditar nisso. Qual era mesmo o nome dela?

Brynjólfur para. Tenta manter a cabeça firme, tateia em busca do braço do menino, o menino se afasta mas não há problema, o capitão se limita a tatear o ar sem perceber. Acho que posso ficar aqui uma semana, pensa o menino com ele mesmo, dificilmente faria mal e Andrea não precisaria se preocupar comigo. Até mesmo duas semanas. Com certeza consigo ler dois romances em duas semanas e também alguns poemas, além do que tenho de ler ao Kolbeinn. Não é possível que seja uma traição viver mais duas semanas, pensa ele com otimismo, até mesmo feliz, mas então logo esfria no interior do café, o frio entra pela sua roupa e cobre sua pele. Ele olha para cima e encontra os olhos frios de Bárður, que está de pé atrás de Brynjólfur. Bárður mexe os lábios, azuis com o frio e a morte: quanto devo esperar por você, então, pergunta a sua voz no interior da cabeça do menino. Quanto tempo deve esperar sua mãe, quanto tempo devem esperar seu pai e sua irmã, que tem apenas três anos? Por que você deve viver e nós não? Não sei, murmura o menino, tremendo de frio, depois se endireita no seu lugar, olha para Bárður e quase grita em desespero, não sei! Silêncio! Nem mais uma palavra! Brynjólfur grita subitamente e agarra com força o braço do menino, espera! Não vá! Algo está acontecendo, silêncio, nem mais uma palavra, está chegando! Brynjólfur se inclina para a frente, como que para escutar, para captar uma mensagem distante, um nome de cuja memorização depende a vida; se inclina para a frente, fecha os olhos, sua grande cabeça se afunda lentamente e ele adormece antes que a testa atinja a mesa. Então, são só os dois, o menino e Bárður, aquele que sobreviveu e aquele que morreu. O menino retrai o braço, não desvia o olhar de Bárður, que mexe os seus lábios azuis de frio e diz, estou sozinho aqui. Eu também, murmura o menino, como que se desculpando, depois ergue a voz e diz, não vá, sem saber se de fato deseja dizer isso mesmo. Bárður não diz nada, se limita a sorrir amargamente. Começou a nevar. A neve cai em silêncio do lado de fora das janelas, flocos de neve grandes e flutuantes com a forma de asas de anjo. O menino senta imóvel, asas de anjo rodopiam lá fora, ele observa Bárður, que se dissipa devagar e se transforma em ar frio.

ESTA OBRA FOI COMPOSTA EM ELECTRA PELO ESTÚDIO O.L.M./ FLAVIO PERALTA
E IMPRESSA EM OFSETE PELA RR DONNELLEY SOBRE PAPEL PÓLEN SOFT
DA SUZANO PAPEL E CELULOSE PARA A EDITORA SCHWARCZ EM SETEMBRO DE 2016

A marca FSC® é a garantia de que a madeira utilizada na fabricação do papel deste livro provém de florestas que foram gerenciadas de maneira ambientalmente correta, socialmente justa e economicamente viável, além de outras fontes de origem controlada.